Christophe André

Christophe André est médecin psychiatre dans le service hospitalo-universitaire de l'hôpital Sainte-Anne, à Paris, où il s'est spécialisé dans le traitement et la prévention des troubles émotionnels (anxieux et dépressifs). Enseignant à l'université Paris-Ouest, il est l'auteur d'articles et ouvrages scientifiques, ainsi que de nombreux livres à destination du grand public.
Pour plus d'informations, voir son site personnel :
http://christopheandre.com
Et pour partager ses états d'âme, rendez-vous sur son blog PsychoActif : http://psychoactif.blogspot.com

Muzo

Peintre et dessinateur, Muzo travaille depuis un peu plus d'une vingtaine d'années pour la presse et l'édition. Il a réalisé à ce jour une trentaine de livres, pour adultes et pour enfants. Parallèlement, il peint et expose régulièrement en France et à l'étranger. Il vit et travaille en région parisienne.

Christophe André & Muzo

JE GUÉRIS MES COMPLEXES ET MES DÉPRIMES

Seuil

Une précédente édition de cet ouvrage
est parue sous le titre *Petits Complexes et Grosses Déprimes*
en 2004 aux éditions du Seuil.

ISBN 978-2-7578-1785-8
(ISBN 2-02-060182-6, 1re publication)

© Éditions du Seuil, avril 2004

Le Code de la propriété intellectuelle interdit les copies ou reproductions destinées à une utilisation collective. Toute représentation ou reproduction intégrale ou partielle faite par quelque procédé que ce soit, sans le consentement de l'auteur ou de ses ayants cause, est illicite et constitue une contrefaçon sanctionnée par les articles L.335-2 et suivants du Code de la propriété intellectuelle.

INTRODUCTION

> « Je me suis rarement perdu de vue ;
> je me suis détesté ; je me suis adoré ;
> – puis, nous avons vieilli ensemble. »
>
> PAUL VALÉRY

Pas facile d'être bien dans sa peau, n'est-ce pas ? Car la vie n'est pas un long fleuve tranquille, on le sait. Elle ressemblerait plutôt à une course d'obstacles...

Il nous faut d'abord échapper, du fait de notre condition de mortels, à la peur de la maladie et de la mort, alors que nous vivons dans une société avide de risque zéro et obsédée par la santé et le bien-être. Comment, dans ces conditions, ne pas devenir hypocondriaque ? Réponse au chapitre 2.

Nous devons ensuite accepter notre apparence physique, forcément imparfaite, quand tout autour de nous s'agitent et s'exhibent des mannequins au corps de rêve et des présentateurs télé aux dents blanches. Comment, par conséquent, ne pas être dévoré tout cru par les complexes ? Réponse au chapitre 3.

Et voilà que nous avons de surcroît à affronter la

menace dépressive qui plane sur les humains modernes, soumis à des pressions de performance insidieuses, mais usantes. Ce n'est plus inspirez-expirez, mais aspirez (à des tas d'idéaux inaccessibles)-soupirez (de ne pas les atteindre)! Une mécanique infernale s'enclenche alors pour les plus fragiles : pression-dépression, pression-dépression... Comment maintenir son moral à flot ? Réponse au chapitre 4.

Sans oublier, enfin, les innombrables doutes sur nous-mêmes et leurs multiples manifestations : manque de confiance en soi, difficultés à s'affirmer et mauvaise estime de soi. Dans un monde qui nous tient de plus en plus informés des malheurs, misères et souffrances affligeant la planète, comment oser s'intéresser à soi et prendre soin de sa petite – quoique respectable – personne ? Réponse au chapitre 1.

Vous l'aurez compris : nous vous proposons dans ce livre un tour d'horizon de ces petits complexes et grandes déprimes capables de nous gâcher l'existence. Et, surtout, nous voulons vous aider à ne pas vous y perdre et vous y noyer : en vous permettant de comprendre leurs mécanismes ; en vous indiquant les pistes d'un travail efficace sur vous-même ; et en vous expliquant les traitements possibles, si nécessaire. Le tout sans jamais perdre de vue cette arme indispensable à toute réflexion efficace sur soi : l'humour...

Alors, bonne lecture, et n'oubliez pas : la vie est belle !

1 JE DOUTE DE MOI

Manque de confiance et mésestime de soi

LE REGARD DES AUTRES

1. POURQUOI TANT DE DOUTES ?

Nous sommes des animaux formidables !

Si, si ! Nous ne sommes que des animaux, certes, mais avec deux énormes capacités par rapport à nos cousins les mammifères ou les grands singes :

• La conscience de soi : nous sommes sans doute les seuls dans le règne animal à bénéficier d'une conscience réflexive, c'est-à-dire à avoir la capacité de nous interroger sur nous-mêmes et de nous poser des questions fondamentales telles que « Qui suis-je ? », « De quoi suis-je capable ? » (pour « où cours-je ? » et « dans quel état j'erre ? », nous en reparlerons plus tard). Ce questionnement psychologique est sans doute ce qui a permis à notre espèce de s'adonner à l'art, la philosophie, la science…

• La capacité de se représenter les pensées des autres : en tant qu'animal social, l'être humain a développé depuis des milliers d'années des capacités d'intuition et d'empathie lui permettant d'imaginer ce que ses congénères ont dans la tête. Et de pouvoir, par exemple, se demander : que pensent-ils en ce moment ? Qu'attendent-ils de moi ? Comment me voient-ils ? Cette aptitude nous permet une vie sociale très complexe et élaborée…

Mais hélas, parfois notre intelligence dérape, fait du surplace, les ruminations prennent le pas sur l'action, et ces deux extraordinaires compétences, très utiles, deviennent des handicaps si elles sont mal utilisées :

• La conscience de soi excessive peut aboutir à des doutes sur soi. À force de s'interroger à l'infini sur ses capacités, le négativisme peut survenir : qui suis-je ? Quelqu'un de nul ! De quoi suis-je capable ? De pas grand-chose !, etc.
• La capacité de se représenter les pensées des autres ne doit pas, de même, tourner à l'obsession de ce qu'ils peuvent penser de nous. Faute de quoi, on finira par imaginer derrière le moindre regard une forme de jugement, derrière la moindre critique une marque de désapprobation, etc.

Certes, les doutes sur soi font partie intégrante du fonctionnement psychologique de tout être humain. Mais cela peut être pour le meilleur (conscience de soi, capacité de se remettre en question) comme pour le pire (autocritique et autodévalorisation excessives).

TYPE DE DIFFICULTÉ	Domaine concerné	Exemples quotidiens
Déficit d'affirmation de soi	Comportements sociaux (observables)	Ne pas oser dire non, demander un service, faire un compliment…
Manque de confiance en soi	Modes de pensée liés à la prise de décisions quotidiennes (conscients)	Repousser au maximum le moment de prendre des décisions, avoir peur du risque, redouter l'échec…
Mésestime de soi	Rapport intime à soi-même (en partie inconscient)	Se dévaloriser, se critiquer, se mettre en échec…

En effet, de très nombreux problèmes psychologiques sont liés à des doutes excessifs sur soi. En voici les trois niveaux, du plus visible au plus intime :

• Le déficit d'affirmation de soi, qui consiste à ne pas oser agir comme on le souhaiterait face aux autres, par exemple pour dire non ou exprimer son mécontentement, parce qu'on anticipe que cela va déranger, peiner ou provoquer un conflit. Il représente un problème visible pour la personne comme pour son entourage.

• Le manque de confiance en soi, qui consiste à douter de ses capacités à réussir ce que l'on entreprend, parce que l'on est plus sensible à la douleur de l'échec qu'au plaisir de la réussite. Il ne se perçoit pas forcément de l'extérieur, mais la personne qui en est victime en est, elle, parfaitement consciente et souffre de ses hésitations.

• La mésestime de soi, qui consiste à ne pas s'apprécier ni s'aimer. Elle comporte des dimensions conscientes (l'insatisfaction visant de nombreux aspects de sa personne, et l'autocritique systématique), mais aussi des dimensions inconscientes (par exemple, des conduites répétitives de mise en échec).

Comment s'en sortir ? Le plus logique semblerait d'intervenir directement sur l'estime de soi, qui représente souvent le socle des problèmes de confiance en soi et d'affirmation de soi. Mais ce n'est pas toujours la solution la plus efficace ni la plus simple. D'abord parce que modifier l'estime de soi, ce n'est pas facile : elle repose sur des réflexes émotionnels souvent longs à faire évoluer. Ensuite parce que les interventions sur la confiance en soi et l'affirmation de soi, plus simples, vont aussi modifier en retour l'estime de soi : ces trois dimensions sont en interaction constante. Arriver à s'affirmer (j'ai osé dire ce que je pensais) va augmenter la confiance en soi (je me sens capable de le refaire à l'avenir) et donc l'estime de soi (je me sens moins incapable d'agir), ce qui va inciter à s'affirmer de nouveau, etc. Ce cercle vertueux peut être activé depuis tous les niveaux du rapport à soi. Nous allons maintenant aborder dans le détail ces trois niveaux de doutes personnels…

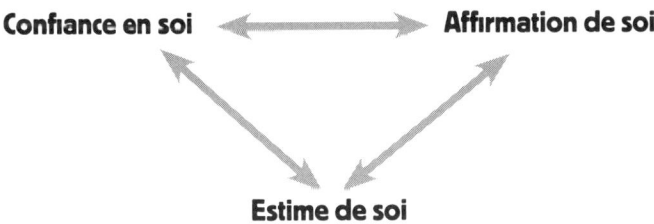

CEUX QUI OSENT

DOUTEZ-VOUS DE VOUS ?	Plutôt vrai, plutôt fréquent	Plutôt faux, plutôt rare
1. Lorsqu'on me fait des compliments, je suis très étonné(e) et mal à l'aise pour répondre.		
2. Je préfère me taire dans les soirées où il y a des convives brillants.		
3. J'hésite longuement avant de prendre une décision.		
4. J'évite d'affronter les situations qui m'embarrassent.		
5. J'ai un mauvais moral.		
6. Je me demande ce que les autres vont penser de moi.		
7. Si un serveur me fait attendre au restaurant, je suis ennuyé(e) de devoir me manifester.		
8. Après avoir pris une décision, je me demande si j'ai fait le bon choix.		
9. Dans beaucoup de situations, je me sens inférieur(e) aux autres.		
10. En cas de succès, je suis embarrassé(e) car j'ai peur de décevoir ensuite.		

Interprétation des résultats
De 0 à 3 réponses « plutôt vrai » : apparemment vous doutez peu de vous. Vérifiez tout de même en lisant ce chapitre, on ne sait jamais…
De 4 à 7 réponses « plutôt vrai » : le doute s'empare parfois de vous, autrement dit, vous êtes normal. Mais, lorsque vous doutez, savez-vous pourquoi, et surtout que faire alors ? Vous trouverez des pistes de réflexion et d'action dans les pages qui suivent…
De 8 à 10 réponses « plutôt vrai » : euh, apparemment, s'il y a quelque chose dont vous ne doutez pas, ce sont vos doutes ! Lisez et relisez attentivement ce chapitre, cela pourrait vous servir…

Une journée d'Hervé l'inhibé

2. « JE N'OSE PAS M'AFFIRMER » : LE DOUTE SUR SA PLACE AU MILIEU DES AUTRES

Qu'est-ce que l'affirmation de soi ?

Qui n'a jamais eu du mal à demander une augmentation à un supérieur hiérarchique ou une réduction à un vendeur ? À dire non ? À faire un compliment ?

On appelle « affirmation de soi » la capacité de dire ce que l'on pense, ce que l'on veut, ce que l'on éprouve, sans anxiété excessive et en tenant compte de ce que l'interlocuteur pense, veut ou ressent.

Une attitude affirmée se situe donc à mi-chemin entre une attitude agressive (ne pas tenir compte des besoins et pensées d'autrui) et une attitude inhibée (trop en tenir compte). Être affirmé revient à se montrer capable de n'être « ni hérisson ni paillasson ».

Les déficits d'affirmation de soi sont très fréquents et associés à de nombreuses difficultés psychologiques,

	ATTITUDE INHIBÉE	**ATTITUDE AFFIRMÉE**	**ATTITUDE AGRESSIVE**
Comportements	• Je défends mal mes droits par peur de déranger ou de provoquer un conflit. • Je me tiens souvent en retrait, attendant qu'on me remarque et qu'on vienne vers moi. • Je résous les difficultés par la fuite ou le repli.	• J'exprime clairement mes besoins et mes droits, en m'efforçant de respecter ceux d'autrui. • Je prends l'initiative aussi souvent que possible. • Je résous les difficultés par la discussion et la négociation.	• Je fais passer mes droits avant ceux des autres. • Je m'impose en me montrant peu attentif aux besoins d'autrui • Je résous les difficultés par la colère ou l'intimidation.
Pensées	• Je pense souvent que je suis inférieur aux autres, et que mes actions ne réussiront pas.	• Je pense que ma valeur est comparable à celle d'autrui. • Je pense que pour espérer réussir, il faut agir.	• Je pense généralement être supérieur aux autres, et que mes actions réussiraient toujours si on ne me mettait pas des bâtons dans les roues.
Émotions	• Je me sens souvent inquiet, frustré, déçu, dévalorisé, etc.	• Je me sens en général calme, confiant et optimiste.	• Je me sens fréquemment énervé, agacé, parfois coupable d'être allé trop loin.

telles que l'anxiété ou la dépression. Même s'ils n'entraînent pas de manifestations pathologiques, ils sont à l'origine de renoncements frustrants et de limitations du sentiment d'autonomie et de liberté individuelle. Comme le notait Jules Renard : « L'homme vraiment

libre, c'est celui qui sait refuser une invitation à dîner sans donner de prétextes. »

Qu'est-ce qui empêche de s'affirmer ?

Des **entraves psychologiques** : la peur du conflit et le souci de ne pas causer de peine. La personne inhibée imagine toujours le pire comme conséquence du moindre de ses actes : demander va déranger, refuser va provoquer un conflit, dire qu'on n'est pas d'accord va mettre l'autre en colère, etc. Elle préfère donc ne pas contrarier pour ne pas s'attirer d'ennuis.

Des **blocages émotionnels** : le fait de se sentir fortement ému (ce que l'on appelle « anxiété sociale ») et de percevoir une gêne physique au moment d'affronter les situations (le cœur qui s'accélère soudain, le souffle qui manque, les mains et les jambes qui tremblent, etc.). Cette émotivité, liée aux relations sociales où il existe un enjeu, s'avère inconfortable et réduit les aptitudes à bien exprimer ou défendre son point de vue.

Des **comportements pas assez pratiqués** : à force d'évitements, quelquefois depuis l'enfance, les sujets souffrant d'un déficit d'affirmation de soi finissent par ne plus jamais dire non, poser certaines questions, effectuer certaines démarches. Petit à petit, ces comportements deviennent totalement inhabituels : lorsque la personne essaye de les mettre en œuvre (« Allez, vas-y, force-toi à le dire ! »), elle a du mal, car ce n'est

QUELQUES EXERCICES D'ENTRAÎNEMENT À L'AFFIRMATION DE SOI

Famille de situations	Exemples d'exercices	Erreurs habituelles	Efforts à développer
Formuler des demandes dont on pense qu'elles peuvent déranger.	Demander son chemin ou l'heure à des passants. Demander des informations à des vendeurs, sans rien acheter ensuite. Demander une réduction dans un magasin.	Beaucoup de gens évitent ces situations sous tout un tas de prétextes : ils peuvent s'en passer, cela peut déranger ou ne pas marcher. Ces évitements les maintiennent dans leurs craintes au lieu de leur procurer des informations réelles (parfois cela marche, parfois non…).	L'exercice consiste simplement à : 1. oser formuler clairement la demande, sans se justifier ; 2. accepter l'idée qu'elle puisse déranger ou échouer ; 3. pratiquer ces exercices sous forme de séries répétées (plusieurs fois de suite).
Accepter de recevoir des compliments.	Être complimenté(e) sur un nouveau vêtement, une bonne mine, un travail réussi, une recette de cuisine savoureuse, un comportement altruiste, etc.	Il est fréquent que l'on minimise le compliment (« Oh, cette robe, je l'ai achetée en solde, et elle est si bien coupée qu'elle irait à tout le monde »). Ou qu'on se sente obligé d'en adresser un en retour (« Toi aussi, ton pantalon est impeccable ! »).	Se dire qu'accepter un compliment n'est pas un péché d'orgueil, et exprimer simplement ses émotions positives (« C'est gentil, cela me fait plaisir »).
Dire que l'on n'est pas d'accord, ou que quelque chose nous pose un problème.	Refuser d'aider le cousin Paul à déménager dans son cinquième étage sans ascenseur ; ne pas approuver les opinions d'un convive à un dîner ; ne pas acheter un produit après que le vendeur nous a consacré du temps, etc.	Dire oui alors qu'on pense non ; se taire alors qu'on a un avis à donner ; laisser autrui décider à notre place pour éviter de lui faire de la peine.	Se rappeler qu'on peut exprimer un refus ou un désaccord sans que cela conduise forcément à un conflit durable. Toujours montrer que l'on comprend la position d'autrui, et donner simplement son avis.

pas « naturel » pour elle. Le seul problème, c'est que cela ne deviendra « naturel » qu'à force d'entraînement. Car être affirmé n'est pas une question de « nature », mais d'habitude et d'apprentissage.

Comment changer ?

Le travail sur l'affirmation de soi constitue l'un des grands classiques du développement personnel et de la psychothérapie. Il consiste à faire des efforts réguliers sur ses modes de pensée et, surtout, sur ses comportements relationnels.

Concernant les **modes de pensée**, il faut s'interroger sur des réflexes qui datent parfois de l'enfance et qu'on finit même par ne plus identifier, et encore moins remettre en question. Il s'agit donc de se donner le droit de ne pas plaire à tout le monde, en disant parfois « non », en exprimant éventuellement son mécontentement à un commerçant ou sa déception à un proche. Il faut aussi ne pas confondre un désaccord ponctuel avec une brouille définitive (« Si je ne suis pas d'accord avec ma belle-mère, elle le prendra très mal et nous serons brouillées pour toujours »). Ni assimiler, enfin, un refus à un rejet (« Si je lui dis non, il va croire que je ne l'aime plus ou que je le méprise »).

Concernant les **comportements relationnels**, les efforts d'affirmation de soi vont porter sur une foule de situations de la vie quotidienne : recevoir des compliments, formuler des demandes, dire non, exprimer son mécontentement, répondre aux critiques, écourter une conversation qui s'éternise, etc. Le plus souvent, dans ces circonstances, la personne inhibée a tendance à subir sans rien dire, ou à se justifier et s'excuser à l'excès. L'entraînement à l'affirmation de soi, qui peut s'inscrire dans le cadre d'une formation professionnelle, d'un stage de développement personnel ou d'une thérapie, va consister à mettre en scène tous ces cas de figure sous forme de jeux de rôles dans lesquels les participants appliqueront un certain nombre de conseils fournis par le thérapeute ou l'animateur du stage d'affirmation de soi.

Peu à peu, la pratique régulière de ces nouvelles façons de penser et d'agir va entraîner une pacification intérieure, une **normalisation des sentiments** de crainte, d'embarras, de gêne (ce que les thérapeutes nomment une « désensibilisation »), qui va permettre à l'individu d'agir au mieux de ses intérêts, sans parasitage émotionnel excessif.

Une méthode simple pour des histoires compliquées...

Utilisées depuis les années 1970, les méthodes d'affirmation de soi ont été notamment proposées aux personnes souffrant de timidité, d'inhibitions ou de phobies sociales, et plus généralement, à tous les individus ayant du mal à prendre leur place au milieu des autres. De nombreuses études scientifiques ont démontré leur efficacité. Dans le champ des psychothérapies, l'affirmation de soi, d'inspiration nettement comportementale, a été parmi les premières approches à remettre en question – par ses résultats – le dogme psychanalytique : « il est inutile de modifier un symptôme (le comportement) sans avoir d'abord travaillé sur ses causes (inconscientes) ». Ce modèle, inspiré du modèle médical (inutile de faire baisser la fièvre si l'infection continue) paraissait logique, mais s'est avéré inexact dans de très nombreux cas. Il existe en réalité une interaction constante entre nos comportements et notre vision du monde et de nous-même. C'est pourquoi, modifier ses attitudes relationnelles va permettre d'agir sur les autres et sur le monde environnant, de sortir d'une position d'observateur ou de victime, et donc de modifier profondément et le regard que l'on porte sur soi (« je peux prendre ma place et faire entendre ma voix »), et celui que l'on porte sur le monde (« il est possible de changer le cours des choses »).

Les stratégies recommandées en affirmation de soi peuvent paraître trop simples, eu égard à la complexité de ce que sont les relations humaines. En réalité, il suffit d'avoir mis ce type d'exercices en pratique pour voir à quel point il s'agit de démarches allant beaucoup plus

L'augmentation

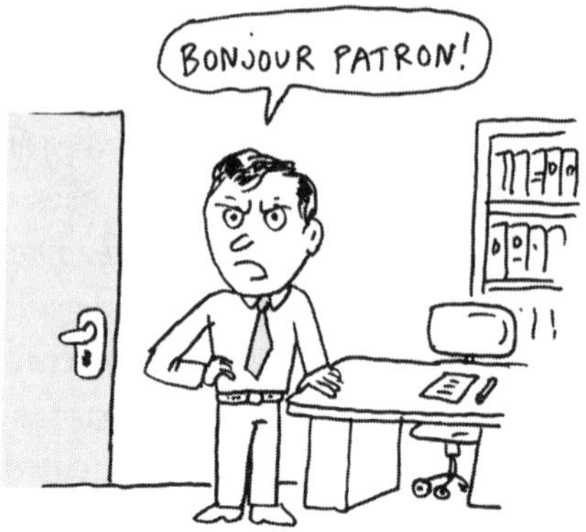

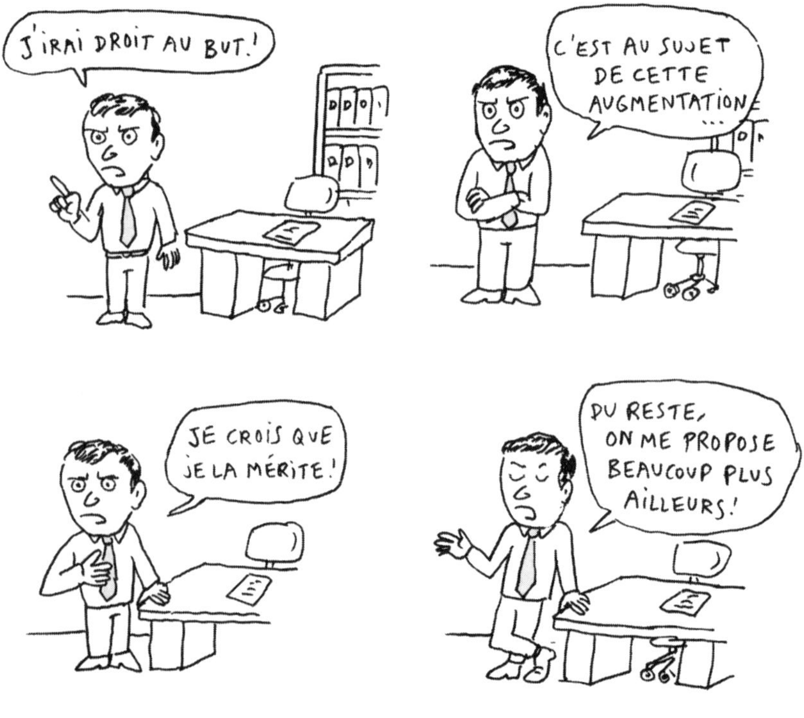

QUOI ?
« JE SUIS LIBRE DE PARTIR ? »
« VOUS NE ME RETENEZ PAS... »
MAIS...
VOUS VOULIEZ ME VOIR LEGRAND ?
?!
PITIÉ ! J'AI UNE FAMILLE À NOURRIR !
GARDEZ-MOI ! VOUS NE LE REGRETTEREZ PAS !
JE VIENDRAI LE DIMANCHE SI VOUS VOULEZ !

loin qu'on ne pourrait le croire depuis une position d'observateur :

— se confronter régulièrement aux émotions d'inconfort et d'embarras va permettre de voir comment elles disparaissent peu à peu d'elles-mêmes ;
— désobéir à ses postulats de départ (« inutile d'essayer, cela ne marchera pas ») va permettre de voir qu'ils sont souvent erronés ;
— simplement dire les choses (par exemple à un vendeur : « j'aimerais beaucoup que vous me fassiez une réduction sur ce prix ») et se taire ensuite permet souvent de découvrir la force du « just do it »...

C'est pourquoi le travail sur l'affirmation de soi et les inhibitions relationnelles est souvent une première étape lorsqu'on aborde la question de la confiance en soi...

3. « JE N'AI PAS CONFIANCE EN MOI » LE DOUTE SUR SES CAPACITÉS D'AGIR ET DE RÉUSSIR

Qu'est-ce que la confiance en soi ?

La confiance désigne à la fois la conviction en quelque chose ou quelqu'un de rassurant : « J'ai confiance en toi » et le sentiment d'assurance qui en découle : « Je suis confiant. »

Sur un plan intime, avoir confiance en soi revient à anticiper que ce que l'on s'apprête à entreprendre va marcher, ou a des chances raisonnables de marcher, parce qu'on se sent capable de le mener à bien, en faisant face aux obstacles, imprévus ou problèmes qui pourraient surgir. Cette foi en ses capacités confère à la personne une certaine tranquillité psychologique, une motivation à agir, et lui procure un relatif bien-être.

À l'inverse, le manque de confiance en soi se trouve

Une journée d'Aline Procrastine

ALINE S'HABILLE.

ROBE OU PANTALON ?
euh...

IL PLEUT.

IMPER OU PARAPLUIE ?
euh...

ELLE SORT.
j'aurais dû mettre un pantalon.

BUS OU VOITURE ?
euh...

ELLE ARRIVE À LA FÊTE.
CHAMPAGNE NORMAL OU ROSÉ ?
euh...
EST-CE QU'ELLE VEUT DANSER ?
euh...
« ON PEUT SE TUTOYER ? »
euh ...
EST-CE QU'IL LUI PLAÎT ?
euh...
t'as la cote !

FIN

à l'origine de nombreuses difficultés. Voici ce qu'en pensait le poète Jules Supervielle : « Tu manques de confiance en toi, et je veux te débarrasser de cette infirmité qui fait boiter ton bonheur. »

Quelles sont les manifestations du manque de confiance en soi ?

Les **doutes répétés** constituent sans doute la manifestation la plus caractéristique du manque de confiance en soi : on doute avant d'agir (« Quelle est la bonne solution ? »), pendant l'action (« Est-ce que je ne suis pas en train de faire une grosse bêtise ? ») et même quand tout est terminé (« Ai-je bien fait, finalement, d'agir ainsi ? »).

Doutes excessifs	Doutes normaux
Le doute est constant (même lors de décisions anodines).	Le doute est occasionnel (il survient lors de décisions importantes, ou si l'on est fatigué ou fragilisé).
Le doute est contagieux : on commence par douter à propos d'un détail, et on finit par une remise en question de l'ensemble.	Le doute se limite à un aspect précis de la situation en jeu.
Le doute inhibe la capacité d'agir et fait parfois renoncer à certaines actions.	Le doute permet de réfléchir avant d'agir au mieux.

La **procrastination**, cet art de tout remettre au lendemain, désigne la tendance abusive à repousser le moment d'agir (le mot vient du latin *crastinus* : « de demain »). Normale si elle concerne des tâches difficiles ou peu agréables, ou bien si elle demeure occasionnelle, la procrastination s'avère pathologique lorsqu'elle devient un mode de vie, une façon de réagir aux demandes de l'environnement : repousser – sous de multiples prétextes – le moment d'exécuter un travail, un bricolage, de répondre à un courrier, d'effectuer une démarche administrative, etc. Les procrastinateurs sont, du même coup, à peu près toujours en retard pour tout – du moins tout ce à quoi ils ne renoncent pas, les délais étant dépassés...

Les **précautions excessives** sont également fréquentes. La peur de l'échec des personnes manquant de confiance en elles (nous les appellerons « hypo-auto-confiantes » : HAC) les entraîne souvent à ne pas agir du tout ou à n'agir qu'à coup sûr, avec un grand luxe de précautions, de vérifications diverses, et de recherches de réassurance, notamment auprès de l'entourage (« tu es sûr que ça va marcher ? »).

Le **défaitisme** et les **renoncements** détournent de l'action, mais font aussi souffrir la personne. L'anecdote est bien connue des psychothérapeutes : lors d'une réunion, d'un cours, d'une conférence, la personne HAC pense à une question qu'elle aimerait poser

L'étagère
Je pourrais monter cette étagère...
...mais il faudrait que j'aille acheter un marteau.
Mais pour y aller, il faudrait que je fasse réparer la voiture...
Mais après tout, ai-je besoin de cette étagère ?
D'un autre côté, c'est peut-être bête de s'en débarrasser...
Après tout, ça peut servir...
Tu viens te coucher ?

(ou bien, autre version, dispose de la réponse à une question de l'orateur), mais elle n'ose pas le faire : « ça ne servira à rien », « je vais avoir l'air ridicule », se dit-elle. Peu après, quelqu'un ose poser la question et tout le monde hoche la tête en signe d'approbation devant une intervention aussi pertinente. Ne pas oser agir, et voir d'autres agir à sa place, n'est pas une position agréable. Cet art des occasions ratées est à l'origine de nombreuses frustrations et méditations sur sa propre incapacité ; et à la longue, de sentiments dépressifs.

Des **ruminations** douloureuses se rencontrent donc fréquemment chez les sujets HAC, chez qui elles remplacent parfois toute forme d'action. Les psychiatres et psychologues utilisaient autrefois volontiers le terme de psychasthénie (littéralement : fatigabilité psychique), trouble que Pierre Janet, psychologue et professeur au Collège de France qui en était l'un des grands spécialistes au début du XXe siècle, caractérisait par « l'absence de décisions, de résolution volontaire, de croyance et d'attention », le tout accompagné de ruminations souvent stériles. Jules Renard écrivait à ce propos : « Une fois que ma décision est prise, j'hésite longuement… » Un des champions toutes catégories de la rumination nombriliste est sans doute le malheureux Suisse Henri Amiel (1821-1881), resté célèbre pour son journal intime qu'il tint quotidiennement pendant environ 30 ans. Amiel passa son existence à ruminer (avec force descriptions dans son journal) au lieu de vivre. Il remarquait amèrement sur la fin : « Ce journal représente la matière de quarante-six volumes à trois cents pages. Il ne sera utile à personne et même pour moi il m'aura plutôt servi à esquiver la vie qu'à la pratiquer... » Toujours envie de ruminer ?

Le manque de confiance en soi à travers les âges de la vie

Le plus souvent, le manque de confiance en soi se manifeste assez tôt dans l'existence, et ceux qui en souffrent ne manquent pas d'anecdotes à ce propos.

Chez l'enfant :
- comment oser jouer avec d'autres enfants, surtout à des jeux compétitifs où il peut y avoir des perdants ?
- comment oser lever le doigt pour répondre à la maîtresse ?
- comment oser aller faire des courses tout seul dans le quartier ? Etc.

Chez l'adolescent :

• comment m'habiller ? Comment être assez branché pour suivre la mode, mais pas trop pour ne pas risquer de paraître « too much » ?

• comment m'approcher des filles (ou attirer les garçons) sans courir le risque du ridicule ?

• comment oser danser devant les autres si je ne suis pas parfaitement sûr d'avoir le rythme dans la peau ?

• comment oser dire non si on me propose un verre, un joint, un rapport sexuel, ou autre chose qui ne m'excite pas tant que ça ?

Chez l'adulte :

• comment effectuer des choix de vie personnelle (oser prendre les décisions nécessaires, dire les choses, etc.) ?

• comment se lancer dans des choix de vie professionnelle (oser faire les études ou les métiers qui plaisent et motivent vraiment, et non pas choisir les filières les plus rassurantes ou celles qui ont été suggérées par l'entourage, etc.) ?

• comment ne pas attendre que les choses arrivent ou que les autres viennent vers soi, mais provoquer rencontres et événements ?

Chez la personne âgée :
• comment ne pas se sentir dévalorisé dans un monde dominé par le jeunisme (et se sentir obligé de parler ou s'habiller comme les jeunes) ?
• comment ne pas craindre d'avouer ses limites et de revendiquer ses droits (faire baisser la musique dans un restaurant ou demander une place assise dans les transports en commun) ?

Faire face au manque de confiance en soi

La lutte contre le perfectionnisme

Mine de rien, les sujets HAC sont des perfectionnistes : ils préfèrent ne pas faire plutôt que mal faire, et aimeraient donc n'agir qu'à coup sûr... Hélas, tous les apprentissages, y compris celui de la vie, comportent des échecs, et les enseignements qui vont avec. Le meilleur moyen de ne rien apprendre et de ne pas progresser consiste donc à ne rien faire, en espérant faire parfaitement un jour – ce jour n'arrivant bien entendu jamais. Améliorer sa confiance en soi suppose par conséquent de renoncer à ses idéaux tyranniques et d'accepter enfin d'être comme tout le monde, c'est-à-dire faillible...

Psychologie de l'action

L'action apprend toujours plus que le renoncement, mais pour cela il faut oser agir. Les HAC ont le défaut de réfléchir (trop) avant d'agir (trop peu) et de finalement renoncer à agir pour avoir trop réfléchi. Tout l'inverse des psychopathes impulsifs qui agissent d'abord et réfléchissent ensuite. Un obstacle classique vient du fait que les HAC ont tendance à amalgamer leurs difficultés en une sorte d'énorme masse de « choses à faire » qui finit par les décourager. On leur recommande alors de fractionner leurs efforts.

> Cette fois-ci...

> ...je ne vais pas...

> ...me laisser impressionner!

> T'avais quelque chose à me dire ?

> Euh... oui... enfin... non, en fait...

Par exemple, quand toute la maison ou l'appartement est dans un désordre effroyable, l'idée de devoir ranger s'avère dissuasive si on l'envisage dans sa globalité. Donc, on ne fait rien, tout en culpabilisant beaucoup. Les thérapeutes conseillent dans ce cas de fragmenter l'objectif et de ranger pièce par pièce, voire coin de pièce par coin de pièce. L'essentiel est de réamorcer la pompe, de remettre en marche la capacité d'agir.

Psychologie de l'échec
Les leçons de l'échec (« Voilà ce que j'aurai appris… ») sont préférables à celles du renoncement (« En ne faisant rien, j'ai peut-être évité de… »). La peur de l'échec, qui confine parfois à une véritable phobie, ne peut se combattre que par la confrontation régulière : il faut donc apprendre à échouer ! Dans les cas les plus gênants, traités en psychothérapie, les thérapeutes vont demander à leurs patients de suivre un véritable programme de désensibilisation à l'échec :

- s'apercevoir que même les personnes à qui tout paraît réussir ont elles aussi connu leur part d'échec, avant de connaître le succès ;
- se mettre volontairement en position d'échouer, en choisissant au début des domaines où les échecs ne comportent aucun enjeu majeur (partir en week-end à l'aventure, sans réservation d'hôtel ; ne rien préparer à dîner alors qu'on a invité de vieux copains ; demander des réductions dans un magasin de luxe, etc.) ;

- porter sur ses actions un jugement global et équilibré (penser à ses échecs, mais aussi à ses réussites) et non pas orienté et partial (ne retenir que ses échecs en oubliant ses réussites), etc.

COMMENT DRAGUER LES FILLES

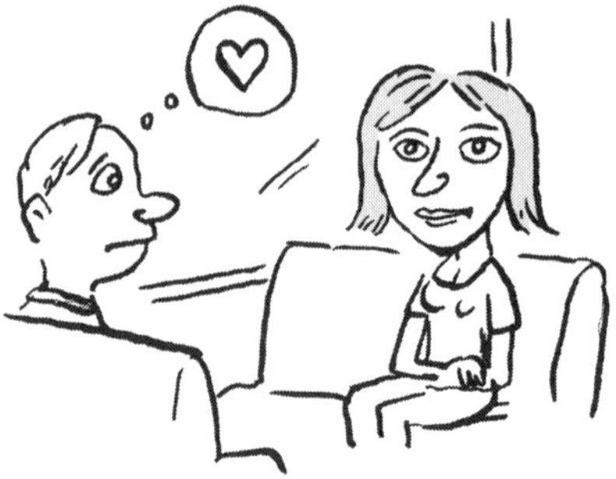

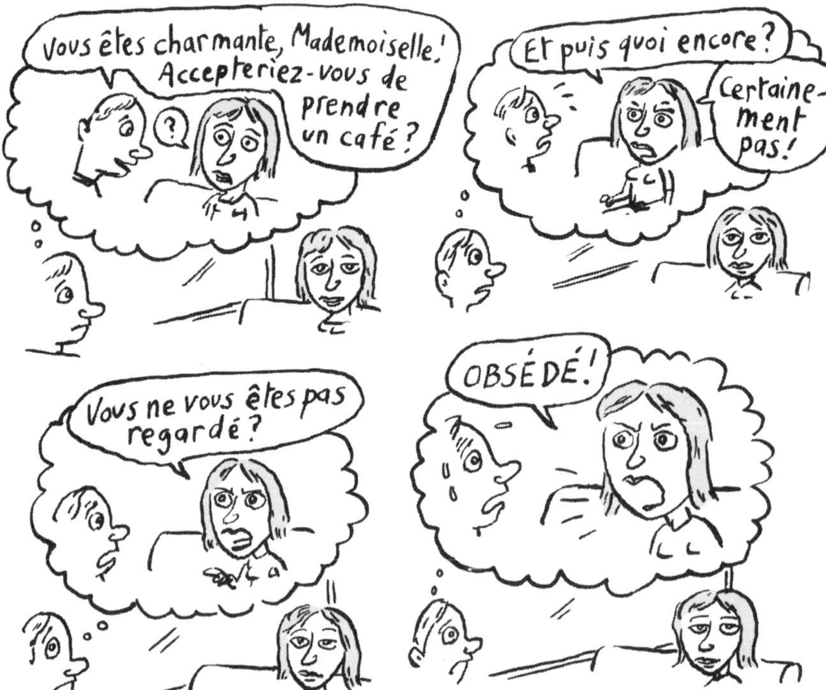

Je ne supporte pas les dragueurs !
C'est insupportable !
On ne peut pas être tranquille cinq minutes !
Quel culot !
Pauvre type !
Minable !
Vous êtes charmante, Mademoiselle ! Ça vous dirait une tasse de café ?
Avec plaisir !

4. « JE NE M'ESTIME PAS »
LE DOUTE SUR SOI

Qu'est-ce que l'estime de soi ?

L'estime de soi désigne ce rapport intime à soi, ce jugement sur soi-même souvent secret (on ne le dévoile pas aux autres) et parfois inconscient (on ne sait pas toujours clairement où l'on en est). De nombreux travaux ont mis en évidence l'importance de cette dimension de la personnalité qui va déterminer le rapport de chacun avec soi-même : va-t-on s'aimer et se respecter ou, au contraire, se détester jusqu'à aller se faire du mal ?

Comment se manifeste une mauvaise estime de soi ?

Une connaissance de soi médiocre et faussée
Les personnes à mauvaise estime de soi pensent souvent bien se connaître : elles ruminent si souvent sur elles-mêmes... En réalité, ces ruminations n'entraînent

qu'un degré de connaissance de soi très limité, et ce pour plusieurs raisons : elles portent seulement sur les échecs et les limites ; elles proviennent des évitements et non pas de la confrontation aux situations ; elles sont le fruit de monologues autodestructeurs et non de dialogues constructifs avec l'entourage. C'est pourquoi la plupart des études soulignent le faible degré de connaissance de soi en cas de mauvaise estime de soi. D'où la surprise inquiète de ces sujets lorsqu'on les complimente : « Tu es sûr ? »

Une tendance à l'autocritique féroce

Le regard que portent sur elles-mêmes les personnes à mauvaise estime de soi s'avère souvent d'une sévérité extrême. Dans les cas les plus prononcés, ce ne sont d'ailleurs plus des doutes qui taraudent le sujet (« Suis-je quelqu'un de bien ? »), mais des certitudes négatives (« Je suis un gros nul ! »). Ce discours intérieur autodévalorisant peut d'ailleurs aboutir à de l'hostilité et de l'agressivité envers soi-même (« Je me déteste ») et inciter à se faire du mal, sous différentes formes (conduites d'échec, voire envie de se blesser physiquement, etc.). En réalité, les sujets à mauvaise estime de soi n'ont pas moins de qualités que les autres, mais commettent, lorsqu'ils s'évaluent, plusieurs des erreurs psychologiques dont nous venons de parler (focalisation sur leurs défauts et leurs limites, sous-estimation de leurs compétences et qualités). On relève aussi chez eux une idéalisation des standards de performance sociale, c'est-à-dire de ce qu'il faut faire, selon eux, pour être apprécié ou respecté.

Résultat : une dévalorisation constante, la présence permanente de ce que l'on nomme le « critique intérieur », cette voix qui rabâche sans cesse : « Ça ne marchera pas, tu es nul, tais-toi et pars, cela vaudra mieux… » Un peu comme un mauvais génie qui serait juché sur l'épaule de la personne pour lui répéter inlassablement ces phrases, telle une radio les assénant à longueur de journée (« radio critique »).

Une faible résilience
En psychologie, le terme résilience désigne l'aptitude d'une personne à résister à l'adversité. Une mauvaise estime de soi rend vulnérable à toute forme de difficulté : échecs, critiques, souffrances, obstacles, etc. Le sillage émotionnel des événements négatifs s'avère bien plus long chez les sujets à faible estime de soi. Conséquence logique : la mémoire intellectuelle et émotionnelle des personnes à faible estime de soi semble par conséquent encombrée de mauvais souvenirs, qui vont constituer autant de sources de démotivation. On a ainsi comparé l'estime de soi à un système immunitaire de la conscience : tout comme notre immunité biologique nous protège des agressions microbiennes, l'estime de soi nous protège des échecs et de l'adversité.

Une grande dépendance

Les doutes liés à une mauvaise estime de soi rendent les individus très influençables et dépendants de l'avis et du jugement d'autrui. Quelqu'un capable d'affirmer « Je déteste manger de la viande » devant un public de bouchers et de charcutiers possède certainement une bonne estime de soi. On a pu démontrer que les sujets à faible estime de soi avaient d'autant plus de mal à agir qu'ils savaient (ou imaginaient) que leurs actions seraient observées et jugées par autrui. Même les plus insignifiantes d'entre elles, comme jouer au flipper ou résoudre une opération mathématique simple, deviennent stressantes, du moment qu'elles se déroulent sous le regard d'un tiers. Le besoin éperdu d'approbation et de reconnaissance par autrui conduit parfois la personne à mauvaise estime de soi à négliger ses besoins et ses valeurs, pour tenter de se montrer conforme à ce qu'on attend d'elle (ou ce qu'elle croit qu'on attend d'elle).

Les conséquences psychopathologiques d'une mauvaise estime de soi

Les problèmes d'estime de soi sont impliqués dans bon nombre de difficultés psychologiques, telles que l'anxiété, la dépression, l'alcoolisme, la boulimie, etc. Doutant considérablement d'eux-mêmes, ces patients se mettent parfois inconsciemment en échec. Mais il existe aussi de multiples façons inadaptées de protéger une estime de soi fragile, par exemple en tentant de se convaincre – soi-même, mais également les autres – de sa valeur : narcissisme (se comporter comme si l'on était supérieur aux autres), autopromotion (faire connaître ses qualités et ses réussites à quiconque, même s'il ne le demande pas), etc. La façade a beau être différente, les doutes intérieurs sont les mêmes. La personne s'interroge toujours pour savoir si elle mérite la place qu'elle occupe ou bien la chance et les avantages dont elle pense bénéficier ; c'est ce que l'on appelle le syndrome de l'imposteur : « Un jour, on s'apercevra à quel point je suis nul, je serai démasqué, et ce sera affreux… »

Comment améliorer son estime de soi ?

Le travail sur l'**affirmation de soi** et la **confiance en soi**, dont nous avons parlé plus haut dans ce chapitre, revêt une importance capitale pour les personnes à mauvaise estime de soi. Mais il convient également d'accomplir un travail, plus intime, sur l'**acceptation de soi**. Il s'agit, entre autres, de :

• **Faire taire le critique intérieur**, cette petite voix qui répète sans cesse : « Tu n'y arriveras pas, ce n'est pas pour toi, renonce, etc. ». Attention, le critique intérieur tente généralement de se cacher derrière le masque de la lucidité, en maquillant des jugements subjectifs (« Je me suis *senti* ridicule lors de cet exposé ») en vérités absolues (« J'ai *été* ridicule devant tout le monde »). Un bon exercice de lutte consiste donc à reformuler systématiquement ses pensées à partir de trois questions : 1. « Quels sont les faits ? » (j'ai présenté mon exposé dans un état de trac considérable) ; 2. « Quels sont mes jugements sur ces faits ? » (il me semble que cela s'est vu, que cela a altéré la qualité de ma présentation et qu'on m'a jugé négativement) ; et 3. « Qu'est-ce qui me permet de penser cela ? » (en réalité, je n'ai demandé l'avis de personne tellement j'avais honte et j'étais sûr d'avoir été nul).

• **Se faire critiquer par les autres plutôt que par soi-même**. Il est important de solliciter régulièrement l'avis de ses proches, plutôt que de faire soi-même les questions et les réponses : « Est-ce que tu as été bon ? Non, tu as été pathétique, ne recommence jamais à te mettre ainsi en avant ! » Quelles que soient les critiques que vous entendrez, elles ne seront jamais aussi négatives que celles dont vous êtes capable envers vous-même. Et il y aura de temps en temps des compliments, alors que vous vous en adressez bien peu…

• **Augmenter sa tolérance à l'échec**. Une seule solution : se forcer à agir plus souvent, pour disposer d'un nombre suffisant de données avant jugement. Si vous n'abordez qu'une seule personne dans la rue pour lui demander l'heure ou le chemin et qu'elle se montre désagréable avec vous, vous allez conclure que cette démarche est vouée à l'échec. Si, en revanche, vous vous astreignez à en aborder dix, vous vous apercevrez alors

UN MEC TRÈS FORT

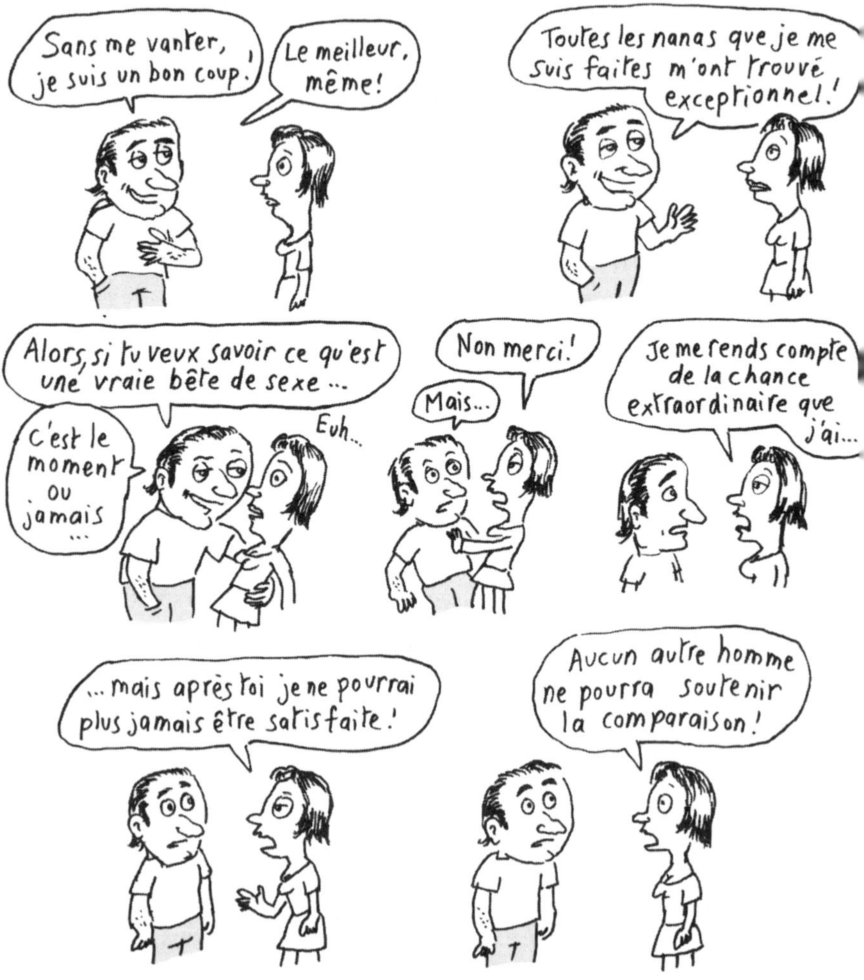

Avec tous je ne penserai qu'à toi ; l'amant si génial !
C'est vrai !
Après avoir connu un tel nirvana, toutes les étreintes me sembleraient médiocres !
Je ne pourrai pas le supporter !
MA VIE SERA FOUTUE !!
Allez, ciao !
J'y peux rien moi, si je suis le meilleur !

(enfin, normalement…) que cela marche huit fois sur dix. La loi des séries joue en faveur de l'estime de soi.

- **Être son meilleur ami.** Il faut absolument modifier son rapport à soi-même dans le sens d'une bienveillance et d'une tolérance accrues. Ne pas se mettre la pression en permanence et accepter quelquefois de ne pas être parfait, de ne pas avoir toujours quelque chose d'intelligent à dire ou d'admirable à faire, etc. Autrement dit, arriver à avoir avec soi-même un rapport amical, mêlant tolérance et exigence. Une bonne estime de soi ne consiste pas à être amoureux de soi-même, mais simplement à se traiter comme on traiterait son ou sa meilleure amie : avec franchise et gentillesse. On ne dit pas à un ami qui a échoué : « Tu es nul, ça t'apprendra à faire le malin ! » On sait que ce serait à la fois faux, injuste et démotivant. Et c'est pourtant ainsi que beaucoup de gens se parlent.
- **Ne plus confondre valeur et performance.** Essayez de ne pas dépendre constamment de l'approbation d'autrui ou de l'atteinte de tel ou tel objectif. Vous ne perdrez pas votre valeur parce qu'on vous aime moins ou que vous avez raté quelque chose.

Compliqué tout cela ? Essayez, vous y arriverez… Et pour vous motiver, pensez à cette prière attribuée à la philosophie stoïcienne : « Mon Dieu, donne-moi le courage d'agir sur ce que je peux changer, la force de supporter ce que je ne peux pas changer, et l'intelligence de faire la différence entre les deux. »

Affirmation de soi

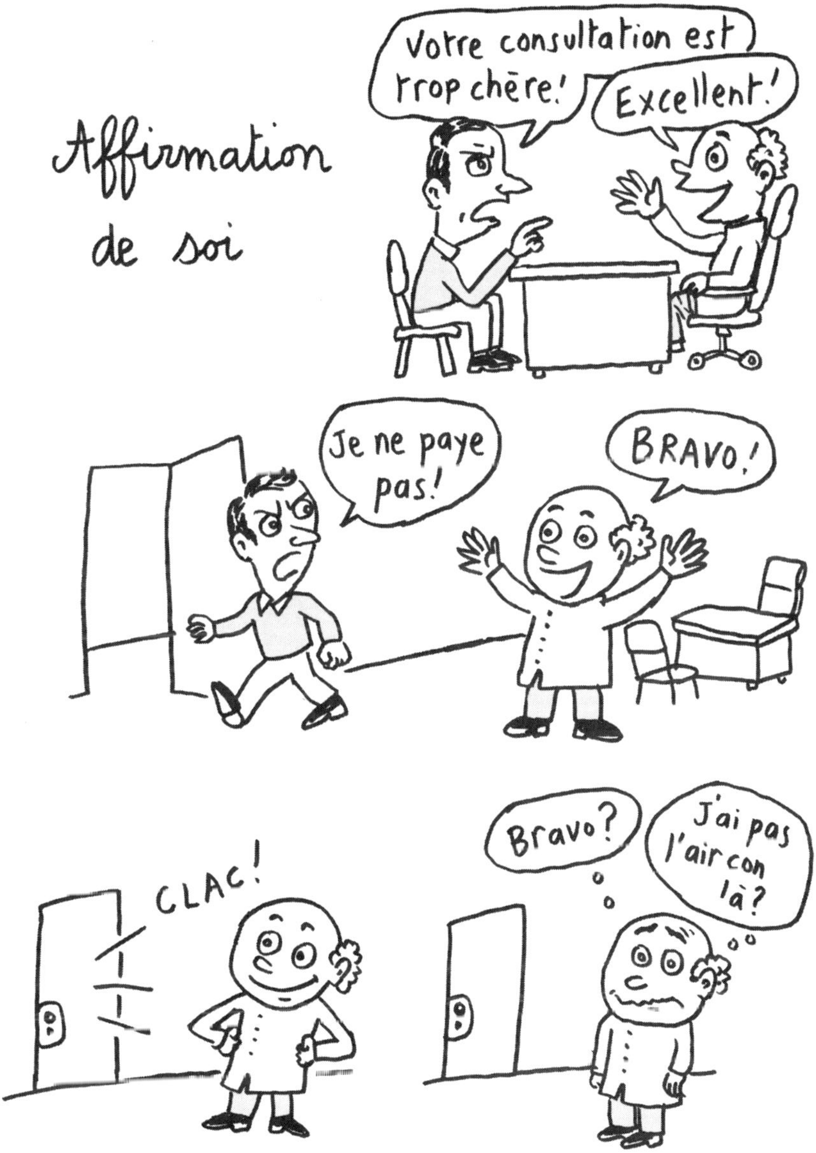

2 J'AI PEUR DE LA MALADIE

Soucis pour sa santé et hypocondrie

Aïe !
Qu'est-ce que j'ai là, sous le bras ?
Ça fait une boule !
La tête que j'ai !
reint verdâtre
Vite !
Allô, Christophe ?
Toi qui es médecin...
... boule ... mal... .....
... voilà, je t'ai tout dit. Qu'est-ce que tu en penses ?
C'est rien ! T'inquiète pas, ça va passer...
Tu crois ?
ZUT ! J'ai oublié de lui dire que j'avais le reint tout vert !
!?

Oui, c'est moi. J'ai oublié de te dire un truc.
Voilà,
Ah bon? Tu crois que c'est le néon qui me donne cette couleur?
Aïe!
DRRii iNG!!
Allô? C'est encore moi. Là, je me suis baissé, et ça m'a fait super mal dans le coude!
Ah bon? T'en sais rien? Et t'as du boulot!
Oui, je comprends...
C'est bien ma veine! Je connais un médecin, et il est psychiatre!
Qu'est-ce que j'en ai à faire, moi, d'un psychiatre?
La prochaine fois, je fais un livre avec un pneumologue, ou un cancérologue!
Un truc utile, quoi!

J'ai perdu l'appétit, je maigris, mon cœur fait de drôles de bruits, j'ai des boutons et des vertiges, je me réveille en sueur la nuit, et avec tout ça vous n'êtes pas capable de me trouver un truc sérieux ?!..
Pas même une petite rumeur ?
Allons, faites un effort !

OÙ EN ÊTES-VOUS AVEC VOTRE PEUR DE LA MALADIE ?	Plutôt vrai	Plutôt faux
1. J'ai une encyclopédie médicale à la maison et je la consulte au moins une fois par mois.		
2. Comme le docteur Knock, je suis persuadé(e) que tout bien portant est un malade qui s'ignore.		
3. Je n'aime pas du tout dire que je me sens en bonne santé, j'ai peur que cela ne me porte malheur.		
4. De toute façon, je ne me sens jamais en bonne santé.		
5. J'ai déjà fait la répétition générale de mes funérailles une bonne dizaine de fois.		
6. Quand j'ai un problème de santé, je préfère prendre l'avis de plusieurs médecins, pour pouvoir comparer.		
7. Si on me dit que j'ai mauvaise mine, cela m'inquiète beaucoup. En général, je vais faire un check-up ensuite, on ne sait jamais.		
8. Mon entourage trouve que je me pose trop de questions sur ma santé.		
9. Souvent, mes soucis de santé m'empêchent de dormir.		
10. Ce questionnaire est en train de m'inquiéter.		

Interprétation des résultats
De 0 à 3 réponses « plutôt vrai » : vous avez une attitude assez détendue vis-à-vis de votre santé, bravo ! Un tel rapport ne peut que profiter à votre bien-être.
De 4 à 7 réponses « plutôt vrai » : il vous arrive de ressentir des inquiétudes passagères à l'égard de votre santé ; voyez ce qui est normal ou pas dans les pages qui suivent.
De 8 à 10 réponses « plutôt vrai » : vous flirtez avec l'hypocondrie. Respirez un grand coup et plongez-vous dans ce chapitre.
N.B. : bien évidemment, ce questionnaire ne vous concerne pas si vous êtes actuellement confronté à une maladie grave, qu'il s'agisse de vous-même ou de l'un de vos proches.

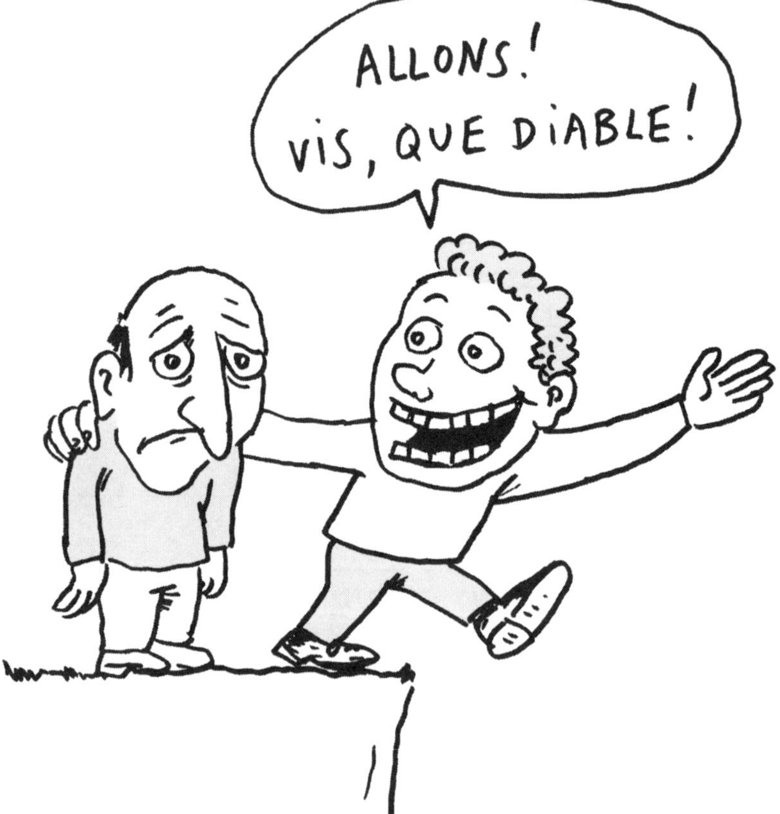
ALLONS !
VIS, QUE DIABLE !

1. À VOTRE SANTÉ !

Comment ça va ?

La météo (« Beau temps aujourd'hui, n'est-ce pas ? ») et la santé (« Ça va ? En forme ? ») constituent certainement les deux sujets de conversation les plus universels qui soient. Les plus universels, mais pas les plus anodins.

On sait que la météo fascine l'espèce humaine à un degré incommensurable : comment expliquer, sinon, que les meilleures audiences de la télévision soient celles du bulletin météo de 20 h 30 (dont nul n'ignore l'importance pour la marche du monde) ? Sans doute cette attraction irrésistible est-elle due à un lointain atavisme, héritage du temps où nous étions de pauvres primates qui n'avaient pas encore inventé les parapluies et le chauffage central : la météo jouait alors un rôle capital pour notre survie et notre qualité de vie.

Et la santé ? Eh bien, là encore, rien de moins anodin. Quand on demande à un ami que l'on retrouve : « Comment vas-tu ? », même si on s'attend à une réponse banale (« Pas mal, et toi ? »), on a tout de même pris

77

UNE QUESTION À LA CON.

— Salut !
— Ça va ?

— Alors là, c'est une question dont je me serais bien passé !

— Si je veux être vraiment honnête, il va falloir que je fasse un bilan complet pour te répondre !

— J'espère que tu te rends compte du temps que ça va prendre !

...sans parler des dépenses qu'il va falloir engager!
Tu te rends compte de tous les tracas que ça va m'occasionner?!
Ho! Du calme!
Je demandais ça juste comme ça...
En fait, j'en ai rien à foutre!
Ah bon?
Merci! Ça me soulage!
Tu es un véritable ami!

la peine de commencer par l'essentiel, comme nous allons le voir…

Malade ou en bonne santé ?

Les choses s'avéraient si simples, autrefois : la santé, c'était avant tout l'absence de maladie. N'avoir mal nulle part, ne souffrir d'aucun handicap, et pouvoir penser à autre chose et vaquer à ses occupations.

Mais les médecins ont considérablement compliqué le tableau en nous apprenant, à la suite du docteur Knock, le célèbre charlatan imaginé par l'écrivain Jules Romain, que «Tout bien portant est un malade qui s'ignore». On estime en effet de nos jours que :

- on peut avoir l'air en bonne santé, ou même se sentir en pleine forme, tout en incubant déjà une maladie ;
- il est possible, grâce à certains médicaments ou une bonne hygiène de vie, d'empêcher ou de repousser l'apparition de nombreuses affections.

Seulement voilà : ces connaissances médicales deviennent parfois elles-mêmes des sources d'angoisse et d'inquiétude. Nous allons voir comment.

« Qui augmente sa science augmente sa douleur… »
(l'Ecclésiaste)

Les énormes progrès de la médecine ont finalement leurs inconvénients, à commencer par la pléthore d'informations médicales disponibles pour le grand public. Autrefois, les médecins gardaient jalousement leur savoir (par exemple, en parlant latin et en jargonnant à qui mieux mieux). Aujourd'hui, on estime préférable d'éduquer le patient pour qu'il soit un meilleur acteur de sa propre santé. Mais en divulguant largement l'information médicale, on a aussi provoqué des dommages collatéraux : les plus anxieux s'affolent.

Blaise Pascal distinguait trois stades de la connaissance, qui s'appliquent parfaitement aux connaissances médicales :
• L'ignorance naturelle : il s'agirait en l'occurrence de quelqu'un n'ayant aucune notion de médecine ou de santé, un spécimen devenu rare de nos jours…
• L'ignorance savante, qui revient à avoir intégré les connaissances, mais aussi leurs limites ; un état idéal – bénéficier du savoir en évitant de trop s'en rassurer, ou de trop s'en angoisser – que peuvent atteindre, par exemple, les professionnels de santé.
• L'entre-deux : « Ceux qui sont sortis de l'ignorance naturelle et n'ont pu arriver à l'autre » (l'ignorance savante), pour reprendre les termes de Pascal.

Leurs bribes de savoir les desservent et les angoissent plus qu'elles ne les aident. C'est sans doute dans cet entre-deux que se situent la plupart de nos contemporains, ayant accès aux connaissances médicales, mais de manière superficielle.

Entre santé et maladie, une zone floue...

De sorte que, à l'heure actuelle, beaucoup de gens sont préoccupés par leur santé. Ils se retrouvent un peu dans la situation des personnages du roman de Dino Buzzati, *Le Désert des Tartares*, où une garnison militaire postée dans le désert attend la venue d'un éventuel ennemi dont on ne sait rien, ni qui il est, ni quand il viendra, ni même s'il viendra. « Un jour, je serai malade, c'est sûr. Mais quand ? Et de quoi ? Et cela commencera de quelle façon ? » Comment vivre avec de telles pensées en tête ? C'est toute la question d'un rapport « normal » à sa santé.

2. LES SOUCIS POUR UNE BONNE SANTÉ

Soigner sa santé, ou la santé active

La bonne santé n'est pas seulement une chance, elle résulte aussi de certains comportements. On parlait autrefois d'hygiène de vie, on invoque aujourd'hui la « santé active » : une alimentation équilibrée, un peu d'exercice physique, de petits plaisirs quotidiens, un contrôle relatif dans la consommation de différents toxiques potentiels (tabac, alcool), etc. Sans oublier la faculté d'aller consulter un médecin au bon moment. Mais comment trouver un juste milieu entre le trop et le trop peu ? Et éviter les dérapages dans le pilotage de sa santé active ?

Trop peu d'attention portée à sa santé

Ne pas penser à sa santé peut-il constituer un problème ? La santé, finalement, n'est-ce pas un peu s'oublier ? Certes, mais il ne faudrait quand même

Hep! Une minute!
Hein?
Attendez!
Pas le temps!
Soigner un hyperactif c'est pas de la tarte!

pas se perdre complètement de vue, rester sourd aux signaux envoyés par le corps. Car cet oubli de soi peut prendre, chez certains, des proportions surprenantes, voire pathologiques… Le cas se rencontre fréquemment, par exemple chez les **hyperactifs**, toujours tournés vers l'action, très peu attentifs à leurs sensations corporelles. Ils sont souvent victimes de nombreux problèmes liés au stress. Parce qu'ils vivent les ennuis de santé comme des contretemps dans leurs multiples activités hyperinvesties et qu'ils ne perçoivent ni leurs tensions musculaires ni tous les petits signes physiques de surchauffe, il leur faut arriver à la dernière extrémité pour se rendre compte qu'ils sont stressés, fatigués ou carrément malades. Les cardiologues découvrent parfois chez eux, à l'occasion d'examens de routine, des infarctus passés inaperçus : « Je ne me suis pas senti bien, effectivement, mais j'ai pensé que c'était la fatigue et le stress. »

Les **anxieux** peuvent eux aussi négliger leur santé, notamment par crainte de subir certains examens : prises de sang pour les phobiques des piqûres, scanners pour les claustrophobes, etc. La peur d'apprendre de mauvaises nouvelles (un diagnostic de maladie grave) explique pourquoi certaines personnes préfèrent demeurer dans l'ignorance et ne pas aller consulter les médecins : « J'aime mieux ne pas savoir. » Tel ce patient qui attendait les résultats d'un examen biologique et qui avait ainsi évité pendant quinze jours d'aller ouvrir sa boîte aux lettres. À la fin, il s'était évidemment débrouillé pour perdre la clé, terrifié à l'idée du moment où il recevrait ses résultats et où il devrait en prendre connaissance. Ces sujets fonctionnent alors sur le registre du déni : tout refouler dans l'inconscient et penser tant bien que mal à autre chose. C'est ce qu'on appelle, en termes plus courants, la politique de l'autruche.

Les **pessimistes** et les sujets aux tendances dépressives sont généralement convaincus que « ce qui doit arriver arrivera de toute façon ». Une attitude susceptible de les conduire à un fatalisme dangereux en matière de santé. Ce cas de figure s'avère typique de nombreuses histoires de surconsommation d'alcool ou de tabac : conscients des risques auxquels ils s'exposent, les fumeurs et/ou buveurs excessifs n'en poursuivent pas moins leur addiction, comme s'ils avaient renoncé à tout effort pour préserver leur santé. Aux yeux des psychiatres, il s'agit parfois de conduites suicidaires déguisées.

Enfin, la **méfiance envers l'univers des médecins** et de la médecine peut représenter une autre explication. Ce phénomène s'avérait particulièrement fréquent autrefois. Dans la mesure où l'on attendait souvent le dernier moment pour appeler les docteurs, ces derniers étaient généralement associés à des ennuis : « Ce n'est jamais bon signe quand on voit le médecin. » De même, certains disent aujourd'hui sur le ton de la plaisanterie que l'hôpital est l'endroit le plus dangereux, car c'est là qu'on meurt le plus… Il s'agit d'une confusion entre causalité (« Il est mort parce qu'il est entré à l'hôpital ») et corrélation (« Il est mort alors qu'il se trouvait à l'hôpital »). Mais nous autres humains, nous ne sommes pas toujours des modèles de logique…

Trop d'attention portée à sa santé

À l'inverse, certaines personnes vont hyperinvestir la surveillance de leur santé. Beaucoup de définitions de la santé peuvent d'ailleurs induire des attentes irréalistes chez des sujets anxieux ou perfectionnistes.

Par exemple, pour les anxieux : « La santé, c'est la vie dans le silence des organes. » Séduisant, mais le problème, c'est que nos organes peuvent avoir des ratés et ne pas fonctionner en silence : cette extra-systole (modification du rythme cardiaque) est-elle banale ou annonce-t-elle un infarctus ? Cette constipation est-elle normale ou précède-t-elle une occlusion intestinale (due à un cancer, évidemment) ? Et ce ganglion, pourquoi est-il là ? Et n'est-il pas un peu gros ?

Ou bien encore, pour les perfectionnistes, la définition de l'OMS (Organisation Mondiale de la Santé) qui définit la santé « non seulement comme l'absence de maladie, mais comme un état de complet bien-être physique et moral ». Nous voilà alors partis pour de lancinantes questions du genre : « Je ne me sens pas mal, mais est-ce que je me sens vraiment très bien, en *complet* bien-être ? Suis-je en *assez* bonne santé ? »

Anxiété et perfectionnisme résidant au cœur de la nature humaine, nous allons maintenant voir leurs conséquences extrêmes en matière de soucis pour sa santé.

3. HYPOCONDRIE

Qu'est-ce que l'hypocondrie ?

Terme psychiatrique, l'hypocondrie désigne un ensemble de préoccupations excessives pour sa santé, centrées sur la crainte ou la certitude d'être atteint d'une maladie grave.

On parle encore, parfois, de « névrose hypocondriaque » pour souligner l'importance des aspects psychologiques, bien que ces patients n'aiment pas forcément se voir coller une étiquette « psy », estimant être de « vrais » malades, c'est-à-dire des malades souffrant d'une affection somatique (du grec *sôma*, le corps), et non psychique.

Cette maladie (car c'en est une, mais psychiatrique) a été baptisée ainsi depuis longtemps, par référence à l'hypocondre, région de l'abdomen, dont se plaignent souvent les patients : « Cette sorte de folie que nous nommons fort bien mélancolie hypocondriaque, espèce de folie très fâcheuse, laquelle procède du vice de quelque partie du bas-ventre et de la région inférieure... » (Molière, *Monsieur de Pourceaugnac*).

Il semble qu'il y ait autant de femmes que d'hommes hypocondriaques, même si les exemples historiques et littéraires les plus célèbres concernent la gent masculine, comme le Malade imaginaire de Molière. On ignore la fréquence exacte de la maladie dans la population globale, mais des études ont montré que ces sujets représentent entre 5 et 10 % des consultants de médecine générale.

Quels sont les symptômes de l'hypocondrie ?

• **La conviction de souffrir d'une maladie en cours d'évolution**, mais que les médecins s'avèrent incapables de diagnostiquer car elle en serait encore à un stade trop précoce. Variante fréquente : les médecins pourraient la déceler s'ils faisaient les examens suffisants, mais ils sont négligents parce qu'ils se trompent et pensent à tort que ce n'est pas grave (alors que le patient sent bien, lui, que c'est peut-être grave); ou encore parce qu'ils pensent que le patient est trop inquiet et exagère ou crée ses symptômes (raison pour laquelle les hypocondriaques n'aiment pas être identifiés comme tels par les médecins, car ils redoutent de ne plus être pris au sérieux par la suite). Le plus souvent, l'hypocondrie n'est donc pas simplement une peur de la maladie, mais la conviction que l'on est déjà malade.

• **Des obsessions constantes concernant sa santé** : en fonction de la maladie redoutée, le patient se livre à des palpations, des vérifications de son teint devant la glace, une observation attentive de ses selles (qu'il amène ensuite dans un bocal à son médecin), etc. Cette auto-observation inquiète est alimentée par une interprétation systématiquement négative des sensations corporelles : une douleur dans les jambes laisse suspecter une phlébite ou une artérite ; un mal de tête évoque une tumeur cérébrale ; un lumbago renvoie sûrement à une hernie discale gravissime, etc. Des images de ses pires scénarios catastrophes envahissent souvent la concience de l'hypocondriaque (se voir malade, agonisant, mort), il essaye de les chasser de son esprit, mais ces visions reviennent régulièrement.

Chaque trouble bénin est considéré comme potentiellement grave. Jules Renard écrivait à ce propos dans son journal : « Maladies : les essayages de la mort. »

- **Une grosse difficulté à être rassuré.** Même le soulagement apporté par des examens médicaux favorables ne dure jamais longtemps. Comme le dit Woody Allen dans l'un de ses films (*Crimes et délits*) : « Aujourd'hui je n'ai rien, d'accord. Mais demain ? » Le doute s'empare d'ailleurs souvent de l'hypocondriaque sur la manière dont les médecins ont conduit les examens : ont-ils fait preuve d'assez de sérieux ou d'obstination dans la recherche d'anomalies ? Ne l'ont-ils pas traité à la légère ? De plus, comme chacun sait, « La santé est un état précaire, qui ne présage rien de bon » (Dr Knock). Tous les soucis de l'hypocondriaque lui paraissent alors parfaitement justifiés. Et comme tous les grands anxieux, chaque hypocondriaque dispose d'un stock d'histoires où l'hypervigilance d'une de ses connaissances en matière de santé lui a sauvé la vie : « S'il n'avait pas consulté à temps, il n'aurait pas survécu. » L'hypocondriaque préfère donc ne pas vivre (en se gâchant l'existence) que risquer de mourir par excès de négligence.

- **D'où une surconsommation de consultations médicales, d'examens divers et de médicaments.** Le tout en vain, hélas : nul ne se sent plus malade qu'un hypocondriaque…

Handicap et souffrance

Molière a fait rire d'Argan, son malade imaginaire, mais la vraie vie des hypocondriaques et de leur entourage est rarement plaisante.

• **L'hypocondrie fait souffrir.** Le sujet vit entre, d'une part, l'anticipation anxieuse et constante d'une éventuelle maladie (pour vivre heureux, il faut oublier que l'on peut tomber malade et mourir : les hypocondriaques en sont incapables), et, d'autre part, la dépression et l'abattement qui s'emparent de lui lorsqu'il est persuadé du pire (« Ça y est, cette fois-ci, c'est sûr, j'ai un cancer »).

• **L'hypocondrie cause des problèmes avec l'entourage.** Obsédés par eux-mêmes, les hypocondriaques sont, au mieux, la cible d'ironie ou de plaisanteries, au pire, victimes de rejets plus ou moins agressifs de la part de leurs proches. La description du malade imaginaire de Molière va dans ce sens : « Un homme incommode à tout le monde, malpropre, dégoûtant, sans cesse un lavement ou une médecine dans le ventre, mouchant, toussant, crachant toujours, sans esprit, ennuyeux, de mauvaise humeur, fatiguant sans cesse les gens, et grondant jour et nuit servantes et valets… » (la description n'est pas très sympathique, mais rappelons qu'elle émane de l'épouse du patient, Belline, et que l'atmosphère conjugale n'est pas extraordinaire…).

• **Les hypocondriaques se sentent souvent seuls et incompris**, n'ayant pour unique satisfaction que celle de se dire que, si le pire survient, leur entourage sera bien culpabilisé. Un hypocondriaque plein d'humour avait même demandé que l'on inscrive sur sa tombe : « Je vous l'avais bien dit que j'étais malade ! »

• **L'hypocondrie parasite la plupart des activités quotidiennes** (travail, relations, loisirs, etc.). Les hypocondriaques en phase de poussée (totalement obnubilés par un risque de maladie) n'ont plus une once de disponibilité pour leur entourage ou leurs occupations. Ils auront une « gueule d'enterrement » (c'est le

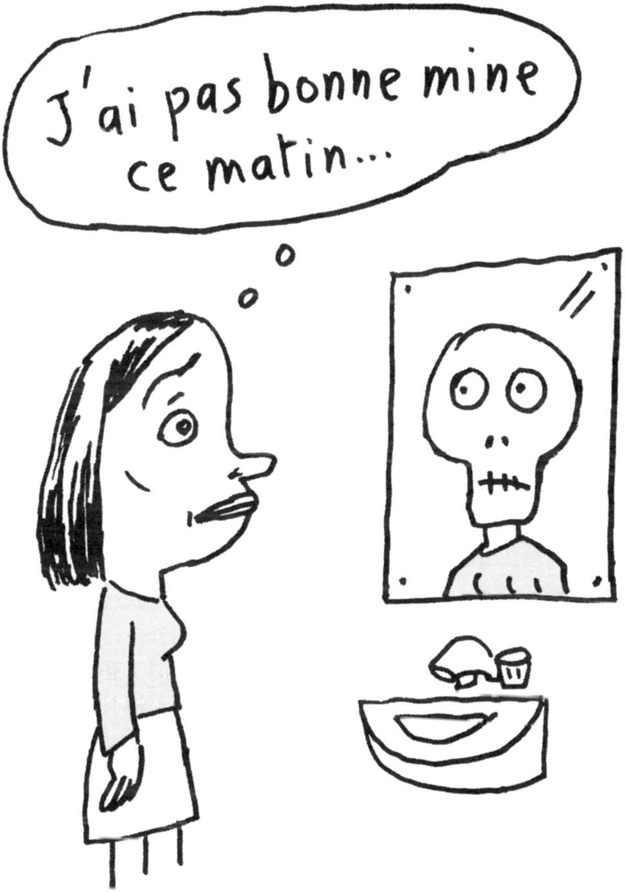
J'ai pas bonne mine ce matin...

cas de le dire) lors du mariage de leur meilleur ami ou de l'anniversaire de leur conjoint, ou bien seront incapables de savourer un week-end, persuadés comme ils sont qu'il s'agit sans doute de leur dernier…

Hypocondriaque et médecin : un vrai tandem

C'est un couple de comédie idéal, dont beaucoup d'auteurs ont utilisé les ressorts comiques. Ainsi le Dr Knock, médecin vénal profitant de l'hypocondrie qui sommeille en chacun de nous, et sa célèbre réplique : « Attention. Ne confondons pas. Est-ce que ça vous chatouille ou est-ce que ça vous gratouille ? »

En réalité, les rapports au quotidien sont loin d'être aussi drôles. On dit souvent que, inconsciemment, l'hypocondriaque ne cherche pas à être guéri, car cela l'éloignerait trop du médecin et le mettrait en danger ; il veut juste être toujours un peu malade, ce qui lui permet de demeurer en permanence sous l'attention de la médecine. D'ailleurs, les médecins savent pertinemment qu'il ne faut jamais dire « Vous n'avez rien » à un hypocondriaque pour le rassurer. Cela va plutôt l'angoisser ! Il vaut souvent mieux lui dire qu'il y a un petit quelque chose susceptible d'expliquer ses symptômes, en quoi consiste ce « quelque chose » et pourquoi ce n'est pas grave. Mais de toute façon, rassurer un hypocondriaque n'est pas une tâche facile…

IL M'AURA FAIT CHIER JUSQU'AU BOUT !
MARCEL DURAND 1920-2004 SUIVI PAR LE DOCTEUR LEBLANC

CONSULTATION

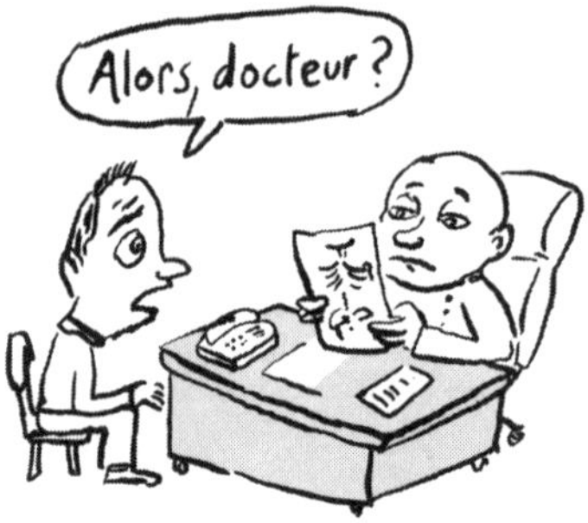

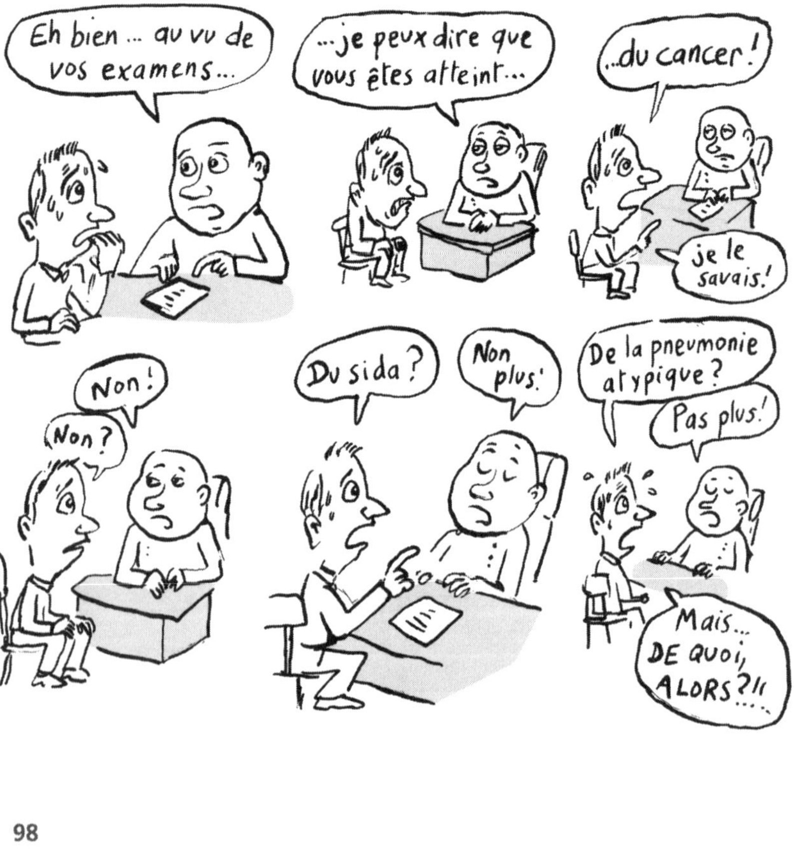

D'hypocondrie!
D'hypocondrie?
C'est cela même!
Mais ça ne va pas du tout ça!!
Je veux du sérieux, moi!
Une maladie dont on meurt!
Je veux du spectaculaire! Du frisson!
Mais attention! Un truc grave dont on puisse guérir!
Pas de blagues, hein!

Les hypocondriaques sont des anxieux qui ne se sentiraient rassurés que par la certitude : certitude qu'ils ne *sont* pas malades, mais également certitude qu'ils ne *vont* pas tomber malades... Or, la vie étant une maladie contagieuse et mortelle, et la santé, un état précaire, un médecin ne peut que très approximativement prédire les chances de maintien en bonne santé et les risques de maladie. Il ne saurait en aucun cas garantir quoi que ce soit, et l'hypocondriaque s'avère totalement allergique à l'incertitude en matière de santé. Alors, les médecins sont à la fois porteurs d'espoirs (« Il va peut-être trouver ce qui ne va pas ») et pourvoyeurs de déceptions (« Il ne m'a pas pris au sérieux » ou « Il n'a pas été capable de trouver le problème »). Dialogue de sourds assuré...

Voilà pourquoi les praticiens redoutent les sujets hypocondriaques. D'abord, parce qu'ils les usent et les persécutent : ce sont des patients rarement satisfaits, jamais vraiment ou durablement guéris, souvent amers ou revendicatifs. Ensuite, parce qu'ils les inquiètent : à force de revoir son patient pour rien, un médecin peut devenir moins vigilant par rapport à ses plaintes, et l'hypocondriaque peut finir par avoir – comme tout le monde – quelque chose...

D'où vient l'hypocondrie ?

Nous manquons encore de données scientifiques sur l'hypocondrie. Sans doute parce qu'on a tardé à reconnaître qu'il s'agissait d'une vraie maladie (psychologique, certes). On la rattache en général à la famille des troubles anxieux. Mais l'hypocondrie n'est pas seulement une nosophobie (peur de la maladie), elle est aussi le doute obsédant d'avoir une maladie grave, qui a peut-être déjà démarré et qu'il faut convaincre les médecins de diagnostiquer et d'explorer.

Les psychiatres pensent qu'**avoir vécu dans l'enfance une maladie sévère**, affectant soi-même ou l'un de ses très proches parents (père, mère, frère ou sœur), représente un facteur de risque pour une hypocondrie ultérieure s'il existe, par ailleurs, des tendances anxieuses. L'entrée dans l'hypocondrie à l'âge adulte peut alors s'effectuer à la suite d'une réactivation de ces angoisses dormantes, par exemple à l'occasion de la maladie d'un proche ou d'une personnalité médiatique.

Certains travaux révèlent qu'une **importance excessive accordée à la santé** dans une famille peut constituer un autre facteur de risque, tout comme, à l'inverse (car rien n'est simple en psychologie), l'absence totale d'attention des parents pour la santé de leurs enfants (qui vont alors utiliser les maux de leur corps pour attirer l'attention et l'affection d'autrui).

Enfin, des **influences sociales et culturelles** vont également peser sur l'apparition de certaines hypocondries : une époque comme la nôtre, qui met l'accent sur la santé et les dangers qui la menacent (la grippe A, la maladie de la vache folle ou la pneumopathie atypique), est de nature à faciliter l'éclosion d'un certain nombre d'angoisses chez les sujets prédisposés. D'autre part, la masse considérable et croissante des connaissances communiquées au grand public en matière de santé, par exemple sur Internet, peut aussi être mal « digérée » et attiser les incertitudes, au lieu de les apaiser. C'est exactement ce qui se produit chez les sujets anxieux : tout ce qui augmente leur sentiment de ne pouvoir tout contrôler accroît leurs angoisses.

Différents travaux de psychologie scientifique ont été menés sur l'hypocondrie. On soupçonne notamment ces patients de souffrir quand même d'une forme plus ou moins innée d'**hypersensibilité à certaines sensations corporelles** (une « hyperesthésie »), qui les empêcherait justement d'oublier leur corps. On pense également que, à l'instar des « anxieux généralisés » (voir notre précédent ouvrage *Je dépasse mes peurs et mes angoisses*), les hypocondriaques préfèrent inconsciemment avoir l'esprit occupé par d'incessantes angoisses concernant leurs « petits bobos » de santé, que devoir affronter en face la peur fondamentale de tout être humain : savoir que l'on va mourir un jour. La Rochefoucauld disait : « Le soleil ni la mort ne se peuvent regarder fixement. » Alors, on regarde ailleurs, vers son nombril, on se palpe, on s'écoute, on s'observe…

Différentes formes d'hypocondrie...

Comme toutes les formes d'anxiété, l'hypocondrie peut se manifester chez un sujet normal : un peu de fatigue, un proche atteint d'une maladie grave, quelques symptômes, et voilà que surgissent des inquiétudes hypocondriaques pendant plusieurs heures ou plusieurs jours. Mais la vie reprend généralement vite son cours, avec l'aide des paroles rassurantes du médecin...

Les cas extrêmes existent aussi et se traduisent par des états délirants, rares mais spectaculaires, comme l'impression qu'un extraterrestre habite son corps et provoque des sensations physiques désagréables. Ces patients finissent alors parfois par adopter des comportements très pathologiques : se mutiler pour extirper le monstre qui réside dans leur ventre ou leur cerveau, ou bien s'en prendre au chirurgien malveillant qui – pour d'obscures raisons – aurait profité d'une opération bénigne pour implanter un appareil électronique persécuteur dans leur organisme.

Traitement

Comme pour la plupart des troubles anxieux, l'hypocondrie se soigne par le biais de la psychothérapie comportementale et cognitive : une fois que le patient a admis que ses préoccupations étaient excessives (cela demande parfois des années), on va l'aider à interpréter ses sensations corporelles de manière plus subtile et nuancée que par la simple alternative santé parfaite/maladie grave. On va en outre apprendre au patient à lutter contre ses tendances à vérifier son état de santé (s'ausculter, se palper, se regarder dans une glace, prendre sa température, etc.) ou à se faire rassurer (en demandant à son entourage s'il n'a pas mauvaise mine ou en réclamant des examens à son médecin). Enfin, il s'avère toujours nécessaire d'entreprendre avec les hypocondriaques de grandes discussions sur la mort, voire des exercices de confrontation avec la réalité : le thérapeute accompagnera par exemple son patient dans des magasins de pompes funèbres, des cimetières, etc.

Dans les cas, assez courants, d'anxiété majeure ou de tendances dépressives associées, les psychiatres prescrivent un antidépresseur.

On nous demande souvent s'il est possible de guérir de son hypocondrie ? Il faut savoir que le traitement vise non pas tant la disparition des angoisses liées aux symptômes physiques que leur gestion adéquate par le sujet. L'objectif consiste en réalité à transformer l'hypocondriaque en une personne « normalement soucieuse » pour sa santé ou, à la rigueur, un peu plus soucieuse que la moyenne, mais dont la vie ne soit pas complètement dévorée et hantée par l'obsession de la maladie.

Finalement, qu'est-ce qu'un rapport normal à sa santé ?

Idéalement, nous l'avons vu, nous devrions être capables d'adopter envers notre santé une attitude à mi-chemin entre le souci de soi (se montrer quand même attentif à ce qui se passe dans son corps, on n'en a qu'un !) et l'oubli de soi (être aussi en mesure de penser à autre chose et de profiter de l'existence, on n'en a qu'une !).

Cela suppose, bien sûr, d'accepter les ratages du corps. Vous connaissez certainement la blague sur le vieillissement : après 60 ans, quand on se réveille un matin et qu'on n'a plus mal nulle part, c'est qu'on est mort... Effectivement, notre corps n'étant pas une machine parfaite, il est normal qu'il ait des hoquets et des soubresauts.

Mais, en réalité, si bon nombre de gens ont tant de mal à établir une relation simple avec leur santé, c'est que cette dernière constitue seulement la partie émergente d'une autre question, beaucoup plus épineuse : celle de notre rapport à la mort. Et c'est justement cette question du rapport à la mort que les hypocondriaques n'ont pas réussi à régler. L'être humain est le seul animal à savoir qu'il va mourir, et Woody Allen, grand hypocondriaque devant l'Éternel, a parfaitement défini le problème en ces termes : « Depuis que l'homme sait qu'il est mortel, il a du mal à être parfaitement décontracté. »

Pourtant, être obsédé par la mort au point de s'inquiéter en permanence pour sa santé est clairement l'un des meilleurs moyens de se gâcher l'existence. Voilà pourquoi un rapport normal à sa santé (ni souci ni déni) suppose d'être clair dans sa tête quant à son rapport à la mort. Ce difficile programme a été génialement résumé par Pierre Desproges : « Vivons heureux en attendant la mort. » Se savoir fragile et mortel doit donner envie de vivre, et non de trembler. Il est normal de ressentir de la tristesse à l'idée de sa propre mort, mais cette tristesse doit inciter à profiter davantage de la vie. La peur de la mort représente en revanche un sentiment moins intéressant, car il va conduire à un certain nombre d'évitements (fuir les cimetières, les nécrologies, les pensées à ce propos, etc.) et d'obsessions (se palper, s'écouter, s'observer, etc.), qui vont la maintenir intacte. Notre société œuvre déjà dans ce sens, en évacuant toutes les représentations dérangeantes de la mort : il suffit de voir, par exemple, comment Halloween est en train d'essayer de supplanter la Toussaint. Halloween, fête commerciale, s'avère plus confortable, plus aseptisée, plus éloignée des réalités de la mort. On ne se rend pas dans les cimetières comme pour la Toussaint. On n'évoque pas de vrais morts, qui nous étaient proches, mais on s'amuse simplement avec des images de spectres anonymes. On cherche à faire la fête, alors que la Toussaint renvoie davantage à la tristesse (ce qui est finalement assez normal quand on traite de la mort).

Réapprenons donc à penser calmement à la mort pour vivre mieux !

D'autant que, comme le rappelait notre expert Woody Allen : « Le côté positif de la mort, c'est qu'on peut l'être en restant couché. »

LUTTONS CONTRE LES IDÉES **NOIRES**

HYPOCONDRIAQUE
PARTANT
EN VACANCES
POUR SE CHANGER
LES IDÉES

C'est pas gagné!

Regarde! Il est même venu avec sa luge!

C'est un signe encourageant!

3 JE NE ME PLAIS PAS

Image de soi, complexes et dysmorphophobie

Et si on allait à la piscine ?
À la piscine ?
Oui ! À la piscine !
Tu veux dire cet endroit où il y a un grand bassin ?
Mais oui ! Fais pas l'idiot !
Un grand bassin plein d'eau ?!
Et où les gens sont en maillot de bain ?
?
Évidemment ! Tu voudrais pas y aller en costume, non ?
Euh... justement ...

T'es malade! C'est pas possible!
T'es sûr?
Allez, arrête! On va bien se marrer!
ATTENDS!!
Quoi encore?
Je veux bien y aller...
...à UNE CONDITION!...
...c'est qu'ils éteignent la lumière!

ÊTES-VOUS COMPLEXÉ PAR VOTRE APPARENCE ?	Plutôt vrai	Plutôt faux
1. Avant un rendez-vous important pour moi, je passe pas mal de temps devant le miroir.		
2. Je peux facilement citer trois choses que j'aimerais bien changer dans mon physique.		
3. Je ne me sens pas très bien en maillot de bain ou dans des vêtements moulants.		
4. Je me demande souvent comment on peut m'aimer physiquement.		
5. Un bouton sur le nez peut me miner le moral.		
6. J'aurai peut-être un jour recours à la chirurgie plastique.		
7. Je ne suis pas photogénique et je n'aime pas me voir en photo.		
8. Ma vie aurait été plus simple et plus agréable si j'avais été un peu plus belle (beau).		
9. J'ai souvent acheté des vêtements que je n'ai jamais osé porter ensuite.		
10. Je me trouve moins attirant(e) physiquement que la plupart des personnes de mon entourage.		

Interprétation des résultats

De 0 à 3 réponses « plutôt vrai » : vous êtes en paix avec votre apparence physique. Ce chapitre vous rappellera simplement à quel point c'est une bonne chose pour vous.

De 4 à 7 réponses « plutôt vrai » : vous avez quelques complexes vis-à-vis de votre physique. Apprenez à les surmonter en lisant les pages qui suivent.

De 8 à 10 réponses « plutôt vrai » : vous frôlez la dysmorphophobie. Vous ne savez pas de quoi il s'agit ? Vous allez le découvrir et, surtout, comprendre comment lutter.

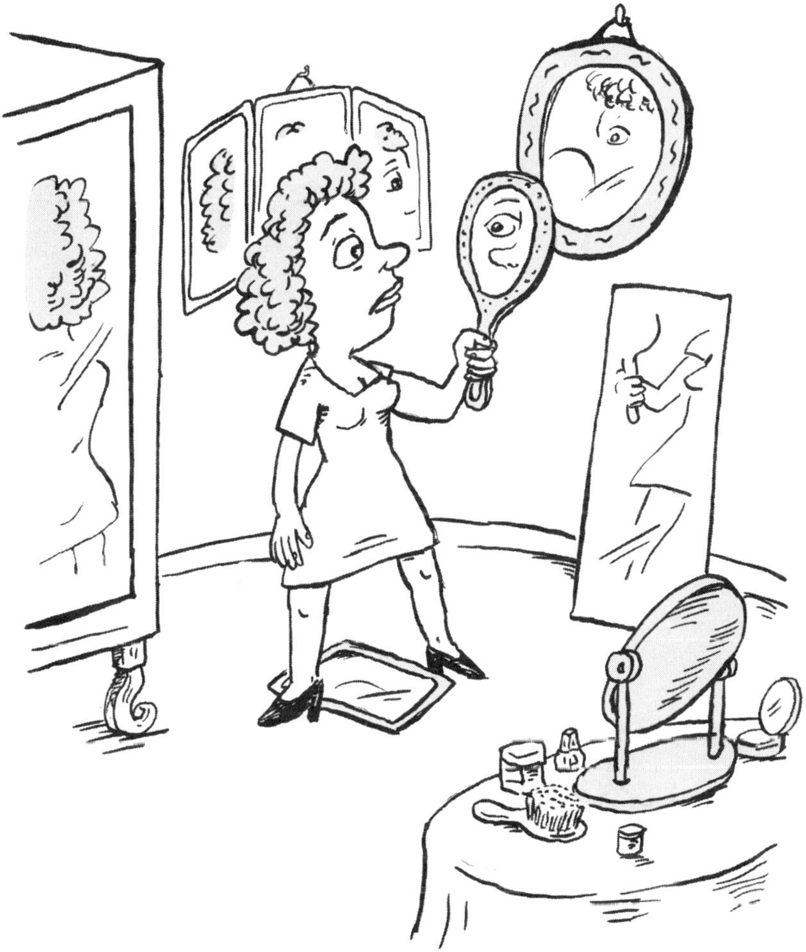

Tu veux qu'on sorte ensemble poupée?
Mon sourire de star ça les achève!
C'EST VRAI !? VOUS NE ME TROUVEZ PAS TROP MOCHE?

1. TOUT EST DANS LA TÊTE

Corps et image du corps

L'apparence physique est l'une des principales composantes de l'estime de soi : s'accepter physiquement – ou se trouver attirant – facilite un rapport confortable à soi-même. À l'inverse, l'insatisfaction à l'égard de son corps s'avère impliquée dans de nombreuses souffrances psychologiques. Mais, en fait, ce n'est pas tant l'apparence physique réelle que l'apparence supposée qui compte. Car deux phénomènes distincts coexistent :

• comment je suis « en vrai » (c'est-à-dire comment les autres me voient réellement) ;
• comment je me vois (c'est-à-dire comment je pense que les autres me voient).

Le problème de l'image de soi

Normalement, nous ne sommes pas faits pour nous voir – sinon, la nature nous aurait dotés d'yeux au bout de tentacules, comme des escargots ou des extraterrestres. D'où le choc et les méfiances liés à l'image de soi chez les peuples dits « primitifs », qui étaient très réticents à l'idée de se laisser prendre en photo par des Occidentaux. N'ayant pas comme nous l'habitude des images hyperréalistes, ils redoutaient qu'un morceau d'eux-mêmes et de leur âme ne les quitte avec leur représentation.

Même si on a aujourd'hui une assez grande habitude de se voir (photos, films), il arrive souvent que l'on n'aime pas – au début – contempler son image ou entendre sa voix : on se trouve moche, avec une voix trop aiguë, un accent bizarre, etc. Cela vient de la différence entre ce que les autres perçoivent (restitué sur le film ou la photo) et ce que l'on perçoit soi-même : quand on se regarde dans un miroir, on ne voit pas sa vraie tête mais un reflet inversé (et comme nos visages sont asymétriques, la différence s'avère parfois sensible). De même, lorsqu'on parle, on n'entend pas sa « vraie » voix (conduite vers les autres par l'air), mais un mélange de conduction sonore aérienne et osseuse (par les os du crâne). Néanmoins, pour peu que des retours de notre image ou de notre voix nous soient régulièrement proposés, la plupart d'entre nous finissent par s'habituer. Mais pas tous…

Miroir, mon beau miroir...

Finalement, cela fait peu de temps que les êtres humains sont confrontés à leur image. Jadis, les miroirs étaient très rares, très chers, et réservés aux grands de ce monde : la galerie des Glaces de Versailles était ainsi une incroyable démonstration de puissance et de richesse que Louis XIV imposait à l'Europe. Mais, au début du XIXe siècle, le miroir se démocratise, et la fin de ce même siècle voit de surcroît naître la photographie, moins coûteuse que les tableaux peints, jusqu'alors privilège des riches, et qui va permettre à tout le monde de se faire « tirer le portrait ».

Ensuite, la généralisation de la vidéo à la fin du XXe siècle consacre définitivement l'entrée de notre propre image dans notre quotidien. Ces évolutions techniques ont eu un impact psychologique majeur sur les individus et les sociétés modernes, et expliquent cette omniprésence et ce pouvoir abusif dont l'image dispose aujourd'hui : l'apparence physique revêt une importance croissante dans des domaines où elle n'a en théorie rien à faire, comme la politique ou la recherche d'emploi.

Qu'est-ce qui peut jouer ponctuellement sur l'image de soi ?

• Des contextes et des ambiances « complexogènes », avec un écart perçu entre soi et les autres : entrer mal habillé et le porte-monnaie léger dans un magasin de vêtements de luxe dont les vendeurs et vendeuses sont vêtus comme des mannequins de haute couture ou des stars de Hollywood ; ou bien être invité, sûrement par erreur, à un dîner d'intellectuels mondains où les bons mots et les témoignages de culture fusent à chaque instant (sans jamais émaner de vous), etc.

Des fluctuations de l'estime de soi, comme avoir été mis en échec précédemment, vont augmenter pour quelque temps les complexes physiques des individus, surtout s'ils sont alors placés en contact avec une personne séduisante de sexe opposé. Globalement, on se sent belle ou beau après un succès ou si l'on se sent aimé ; et moche après un échec ou si l'on se sent rejeté.

Mais, plus durablement, le goût de soi, très inégalement réparti entre les individus, dépend de variables psychologiques précises. Les écarts sont énormes, par exemple, entre les personnalités narcissiques, qui se pensent supérieures aux autres dans tous les domaines, dont l'apparence physique, et les sujets dits « complexés », qui sont persuadés de leur infériorité, notamment en matière d'attrait physique (« je ne peux plaire à personne ») ou de simple conformité (« je suis en dessous de la moyenne »)…

2. COMPLEXES

Qu'est-ce qu'un complexe?

Dans le langage courant, on nomme « complexe » un ensemble de préoccupations centrées sur la crainte ou la conviction d'un défaut physique, réel ou supposé. La plupart des complexes sont des complexes d'infériorité, où la personne estime que la plupart des autres ont, au moins dans le domaine du complexe, des qualités supérieures aux siennes. Dans tous les cas, la source des souffrances est davantage dans la perception subjective que les individus ont d'eux-mêmes que dans une quelconque réalité, telle qu'elle est perçue par exemple par l'entourage. On peut souffrir de complexes physiques tout en étant considéré(e) comme une personne agréable à regarder. Et l'on peut donc se gâcher totalement l'existence sur de simples convictions intimes, même si elles sont démenties par la majorité des personnes environnantes…

Facile de trouver un mec quand on est belle.
Je porterais bien ce petit chemisier, mais de quoi j'aurais l'air?
Moi aussi, si j'étais beau je serais bien dans ma peau!
Facile de trouver une femme quand on est beau!
ils ont l'air si cool...
Les beaux, eux, tout leur est donné!

Je rêve d'une petite pâtisserie ! Mais faut pas, c'est mal !
Quelle galère ! Je dois encore aller à la salle de musculation !
Cette course à la beauté, ça me fatigue ! Je suis déjà beaucoup moins belle qu'il y a dix ans ! Qu'est-ce que ça sera plus tard ?
Parfois j'en ai marre de toutes ces filles qui me courent après !
On me prend toujours pour une bêcheuse !

Exemples de complexes

La plupart des complexes concernent l'apparence physique :
- en premier lieu, le visage (qualité de la peau, asymétrie ou disproportion supposée des traits, pilosité, etc.) ;
- une partie du visage (nez, bouche, dents, cheveux, yeux, oreilles, mâchoire, etc.) ;
- d'autres parties du corps, non sexuées (manque de finesse des membres pour les femmes, ou manque de muscles pour les hommes) ou sexuées (fesses, seins ou organes génitaux) ;
- la taille constitue aussi une fréquente source de complexes : les hommes se trouvent trop petits et les femmes, trop grandes.

Mais nombre de ces complexes peuvent également porter sur des variables culturelles ou psychologiques : ne pas avoir suffisamment de culture générale, de repartie, d'intelligence, d'à-propos, de conversation, ou le bon accent, les bonnes origines sociales, etc.

Principales conséquences des complexes

Les complexes engendrent une forme de souffrance et de handicap assez discrète, mais bien réelle. Les sujets

COMMENT SE GÂCHER LA VIE AVEC SES COMPLEXES PHYSIQUES	
Si vous n'êtes pas beau	Si vous êtes beau
Rappelez-vous que dans la vie les gens beaux réussissent mieux à trouver le conjoint idéal et le métier de leurs rêves.	Pensez à tout le mal que vous devez vous donner pour rester beau (sport, régime, achat de produits de beauté et de vêtements).
Observez combien les gens beaux peuvent suivre la mode avec facilité, ou au contraire s'habiller n'importe comment, et toujours rester élégants et racés, et séduire sans efforts.	Réalisez à quel point les gens négligent toutes vos autres qualités (culture, intelligence, sensibilité), voire vous prennent carrément pour une créature stupide, égoïste et insensible, sous prétexte que vous êtes beau.
Voyez à quel point les gens beaux ont toujours l'air d'avoir bien dormi, de rentrer de vacances et de n'avoir jamais de soucis dans leur existence.	Réfléchissez un peu à ce qui va se passer dans quelques années, quand votre beauté déclinera…
N'oubliez pas de jalouser les gens beaux, dont tous les privilèges sont injustes, immoraux et immérités.	Tâchez au moins d'avoir honte de tous les avantages que votre beauté vous procure et que des gens moins beaux mériteraient cent fois plus que vous.

complexés voient leurs doutes se réveiller dans certaines circonstances : plage, piscine ou rapports sexuels, pour les complexes physiques ; réceptions « chic » ou rencontres avec des personnes supposées « supérieures », pour les complexes sociaux, etc. Leurs doutes dans le domaine en question se transforment dès lors en doutes sur leur valeur globale en tant qu'individu et les poussent à se tenir en retrait pour ne pas se faire remarquer, peu parler, peu se montrer, etc. Les complexés ont aussi tendance à surattribuer leurs difficultés à leurs carences supposées (« Personne ne s'intéresse à moi car je suis trop moche ») alors que, plus souvent, leurs problèmes découlent justement de leur attitude de retrait ou de mise à distance d'autrui.

D'où viennent les complexes?

Les complexes? C'est la famille! Si les parents eux-mêmes ont manifesté des complexes et des préoccupations pour leur apparence physique, leurs enfants ont des risques d'adopter des attitudes semblables. Mais les complexes peuvent aussi résulter de remarques dévalorisantes de certains parents toxiques, qui règlent leurs comptes avec leurs propres complexes et insatisfactions sur le dos de leur progéniture : « Tu as vu comme tu es moche ? Ma pauvre fille, je ne sais pas comment tu feras pour te trouver un mari plus tard ! »

Les complexes ? C'est la vie ! Certaines humiliations ponctuelles, mais profondes, ou des remarques désobligeantes répétées de la part d'un enseignant ou d'autres enfants, surtout en présence de témoins,

UN HOMME, UNE FEMME
Pourquoi il me regarde comme ça celui-là ?
Il trouve que j'ai de grosses jambes sans doute !
Ou alors c'est mes fesses. Elles sont trop basses.
En tous cas il en fait une tête !
Ça doit pas être beau à voir !
Elle est pas mal cette nana...
Mais avec la tronche que j'ai, j'oserai jamais l'aborder !

peuvent laisser des traces à des années de distance. Néanmoins, ces événements ont-ils été à l'origine des complexes ou en ont-ils seulement été les révélateurs ?

Les complexes ? C'est le perfectionnisme ! En effet, contrairement à ce que pensent beaucoup de gens complexés, le bon rapport à soi réside non pas dans l'absence de défauts, mais dans le fait de ne pas se focaliser sur eux.

Les complexes ? C'est la société ! Comment un monde où des poupées Barbie sont offertes aux petites filles, où des corps féminins parfaits occupent la une des magazines et abondent dans la publicité, pourrait-il ne pas compter une majorité de femmes insatisfaites de leur corps ? Mais les femmes seront bientôt rejointes, en matière de complexes physiques, par leurs congénères mâles.

Traditionnellement, la pression exercée sur l'apparence physique visait les femmes, et les hommes étaient à peu près épargnés. Madame de Sévigné parlait ainsi d'une de ses connaissances qui négligeait son physique et abusait honteusement « de la permission qu'ont les hommes d'être laids ». Cependant, les temps changent et les hommes se voient peu à peu soumis aux mêmes contraintes que les femmes : les mannequins masculins, jeunes, beaux et dénudés ont maintenant fait leur apparition dans la pub, et les complexes des hommes se développent à grande vitesse, tout comme le commerce

ON N'EST JAMAIS TRANQUILLE !

— Ça me gêne que tu me regardes comme ça !

— Et comme ça ? Ça va mieux ?

— Non. Je continue à me demander ce que tu penses de moi !

— Bon ! Puisque c'est comme ça, je sors !

iiiiii !!
BING !

— ...et soyez-en sûrs, de là-haut il nous regarde encore !
— C'est pas vrai !!

qui l'accompagne (mode, crèmes, régimes, remise en forme et soins du corps, etc.).

Car tout cela repose, bien sûr, sur un immense mensonge et un énorme marché : toutes les dents blanches et droites des stars du cinéma et de la télé résultent d'un solide investissement financier chez leur orthodontiste. Tous les magazines qui nous exhibent les corps parfaits de mannequins, effectivement très beaux, évitent en revanche de montrer ou de rappeler :

1. que c'est leur métier et que ces filles passent donc tout leur temps à s'occuper de leur corps, exactement comme le métier de Zinedine Zidane consiste à taper dans un ballon (pourtant, on n'est pas complexé de jouer moins bien que lui au foot !) ; 2. que chaque photo, même si elle donne l'impression d'avoir été réalisée au saut du lit dans la plus grande spontanéité, est le fruit de plusieurs journées de prises de vue ; 3. que lesdites photos sont toujours largement retouchées.

Alors, à quand la mention au bas des photos de pub et de mode : « Cette photo est celle d'une jeune femme de 17 ans, dont le métier consiste à s'occuper à temps plein d'avoir un corps mince et ferme, qui a nécessité 8 jours de prises de vue et 3 semaines de travail sur un logiciel de retouche ». Ou même, en gros caractères, comme sur les paquets de cigarettes (vous savez : « Fumer tue »…) : « Attention, ces photos sont faites pour vous coller des complexes et, du coup, vous faire acheter quelque chose d'inutile. »

Que faire pour lutter contre ses complexes ?

Le travail psychologique sur les complexes s'avère souvent plus difficile et plus long qu'on ne l'imagine du côté de l'entourage (« Mais, mignonne comme tu es, pourquoi tu te prends la tête comme ça ? »). Car c'est tout un rapport à soi-même, ancien et devenu un réflexe, auquel on s'attaque alors. Les stratégies anti-complexes à mettre en œuvre relèvent donc :

• D'une part, de **l'acceptation de soi**, car vivre en paix avec soi-même nécessite de s'autoriser à ne pas être parfait et d'effectuer par ailleurs la démarche consistant à vérifier que nul ne l'est autour de soi. Comme toujours dans les croyances autolimitantes, il est capital de ne pas répondre soi-même aux questions que l'on se pose. Si vous vous demandez régulièrement : « Qui donc pourrait m'aimer tel que je suis ? », rappelez-vous que ce n'est surtout pas à vous d'apporter la réponse (qui sera alors : « Personne ! »). Permettez aux autres de vous donner leur version et, pour cela, ne les tenez pas à distance, car les sujets complexés commettent principalement l'erreur de se cacher et s'isoler, physiquement et psychologiquement.

• D'autre part, **d'efforts sur soi**, comme le fait de s'exposer aux regards de manière répétée et régulière pour effacer peu à peu les sentiments de gêne et de honte. Par exemple, sortir bras nus l'été au lieu de porter des manches longues, si on est complexé par

Tu m'aimes?
Hein? Euh... Oui, bien sûr!
Eh ben t'es pas difficile!
Pauvre type!

des bras que l'on juge trop gros. Seul ce travail de confrontation permet d'agir sur la composante émotionnelle réflexe des complexes. Simplement réfléchir à ses complexes, leurs mécanismes et leurs origines ne suffit pas : il faut aussi agir…

• Prudence, enfin, si vous vous lancez dans **la compensation de vos complexes**. Vous connaissez sans doute ces théories psychologiques selon lesquelles toute motivation à réussir serait le résultat d'un complexe d'infériorité caché : Napoléon va conquérir l'Europe pour compenser sa petite taille, etc. Si vos complexes vous incitent à agir et réussir, ce sera une bonne chose. Mais si vous remplacez une hantise (« Il ne faut pas que mon défaut se remarque ») par une autre (« Il faut qu'on remarque ma réussite »), vous continuerez de vivre sous pression. Vous aurez simplement échangé une émotion toxique (la honte) contre une autre émotion toxique (le stress). N'oubliez pas : la clé du développement psychique durable, c'est l'acceptation de soi, pas la compensation !

Tu ne sais pas où est passé ce polochon ?
Comment veux-tu que je le sache ?

3. DYSMORPHOPHOBIE

Dysmorphophobie ou BDD ?

La dysmorphophobie est littéralement la crainte (*phobos*) d'avoir un physique (*morphos*) « de travers » (dys-). Il s'agit d'une maladie psychologique sévère fondée sur la conviction d'un défaut physique, qui va entraîner de grosses perturbations dans la vie quotidienne. Les Américains parlent, ce qui revient au même, de BDD : Body Dysmorphic Disorder.

Comment se manifeste la dysmorphophobie ?

• Les patients sont convaincus de la réalité de leurs imperfections physiques, qu'ils qualifient volontiers de « monstruosités ». Il s'avère quasi impossible de les ramener à la raison à ce propos, dans le cadre d'une discussion normale.

• Ils vont tout faire pour éviter de révéler trop ouvertement ces défauts à leur entourage. Comme cette patiente persuadée d'avoir une peau répugnante à cause de cicatrices d'acné, qui ne se montrait à personne non maquillée ; quand d'aventure elle avait un compagnon, elle se levait à l'aube afin d'être maquillée pour le petit déjeuner, n'acceptait d'avoir des rapports sexuels que dans le noir et ne sortait jamais acheter une baguette de pain sans avoir passé une demi-heure à corriger ses prétendues cicatrices d'acné. Des patientes convaincues d'avoir de trop grosses fesses ne porteront jamais de vêtements moulants ni ne se mettront en maillot de bain. D'autres ne supporteront pas d'être assises autrement qu'à droite ou à gauche de leurs interlocuteurs pour n'offrir que leur meilleur profil (l'autre étant monstrueux et répugnant), d'où des manœuvres très étranges aux yeux de ces mêmes interlocuteurs pour arriver à s'asseoir dans le bon siège, du bon côté, sous le bon éclairage, etc. Plus globalement, beaucoup d'activités sociales non sécurisées (ne garantissant pas un contrôle complet du risque d'être « démasqué ») vont être évitées : sorties à la plage ou la piscine, port de certains vêtements, voire fréquentation de lieux publics où l'on risque d'être observé, et même partage de son intimité avec quelqu'un (un grand nombre de sujets souffrant de dysmorphophobie sont célibataires).

• Les dysmorphophobiques passent leur temps à scruter leur image dans les miroirs, afin de vérifier qu'ils ont dissimulé au mieux leurs défauts. Lorsqu'ils sont chez eux, cela prend souvent des heures. À l'extérieur, où il n'y a pas forcément de surface réfléchissante disponible, ils partent alors en quête d'autre chose : pare-chocs de voiture, vitre, ou bien encore, à table, dos des cuillères, etc. Quand le doute les saisit (« Est-ce que ça ne se voit pas ? »), ils éprouvent un besoin urgent de vérifier leur apparence ; au pire, ils s'excusent pour aller le faire aux toilettes.

• Parfois, à l'inverse, ils ne peuvent supporter leur image. Dans ce cas, il n'y a aucun miroir chez eux, et ils les éviteront soigneusement à l'extérieur ; par exemple, ils n'iront pas chez le coiffeur ou n'essayeront jamais leurs vêtements dans les magasins.

• Ces sujets vont passer des heures à tenter de corriger leurs « défauts » : faire tenir leur coiffure de telle façon, se maquiller pour gommer le moindre défaut, choisir le vêtement qui effacera les courbes ou masquera la maigreur. Un patient rembourrait ainsi son caleçon au niveau de la braguette pour tenter d'augmenter le volume d'un pénis jugé trop petit, ce dont il craignait, bien sûr, que tous les passants (et passantes) ne se rendent compte d'un simple coup d'œil. Certaines pratiques de body-building sont en réalité des tentatives de lutter contre une dysmorphophobie centrée sur une musculature jugée insuffisante.

• Enfin, ce trouble entraîne une forme de fonctionnement quasi paranoïaque : les patients sont persuadés qu'on les regarde parce qu'on s'est aperçu de leur problème, que des gens dans la rue éclatent de rire parce qu'ils ont repéré leur défaut, etc.

L'histoire de Martine

Je suis moche !
Un vrai laideron.
Le pif que je me trimballe !
Je suis laide !
Une mocheté !
Un boudin
Une horreur !

Jusqu'à l'âge de douze ans, Martine était une élève brillante.

Et puis un jour, une obsession étrange apparut...

"J'ai le nez gros et brillant !"

À partir de ce moment, elle commença à se mettre à l'écart.

Ses notes baissèrent...

...jusqu'à devenir les plus mauvaises de la classe.

Tant et si bien qu'elle finit par abandonner ses études.

Elle trouva un petit boulot qui ne lui plaisait pas.

Puis une légère acné lui causa bien des soucis...

Cela empira car elle passait de longues heures à triturer ses petits boutons avec des pincettes ou des aiguilles.

Ensuite, ce furent ses cheveux qui lui déplurent. Elle les trouvait "pas assez doux et jolis!".

Elle trouvait aussi ses seins trop petits...

ses lèvres trop fines...

...et ses fesses trop grosses.

« Je suis moche! »

Une pensée l'obsédait toute la journée : "je suis laide!"

Ces défauts imaginaires, elle les vérifie constamment... ...dans les miroirs, les vitrines... ...les pare-chocs, les cuillères, etc...

Elle se maquille pendant des heures pour cacher "sa laideur".

« Dites-moi franchement ce que vous en pensez! »

Avant de sortir, elle demande au moins trente fois si elle a l'air bien.

Une fois dans la rue, elle croit que tout le monde la regarde.

Une fois elle a même abandonné sa voiture dans un embouteillage car elle était persuadée que tout le monde regardait son nez.

Parfois, elle croit que les voisins l'observent avec des jumelles.

Elle est devenue de plus en plus isolée.

Euh... non... là, je suis déjà prise...

Elle refuse maintenant toutes les invitations.

Et quitte son travail.

Elle en est arrivée à ne plus sortir que la nuit...

puis finit par ne plus sortir de chez elle.

À ce jour, elle a déjà fait deux tentatives de suicide.

Pourtant, de l'avis de tous, elle est plutôt jolie.

À suivre...

Les conséquences de la dysmorphophobie

La souffrance psychologique devient alors très importante, ainsi que l'isolement social et sentimental. Ces patients présentent pour la plupart des décompensations dépressives. Nous ne disposons pas d'études permettant d'évaluer la fréquence de cette maladie dans la population. On sait seulement que, dans les cas diagnostiqués, les hommes sont aussi nombreux que les femmes et que près de 17 % d'entre eux ont déjà fait des tentatives de suicide. Ces personnes sont bien entendu nombreuses dans les cabinets de chirurgie esthétique (environ 10 % des demandes), et les chirurgiens se montrent (ou devraient se montrer) très réticents à les opérer, car les insatisfactions réapparaissent très souvent après l'intervention et portent soit sur un autre organe (« Le nez, c'est beaucoup mieux, mais du coup on voit que ma mâchoire est trop proéminente »), soit sur les résultats de l'opération (« On voit que c'est un nez refait, c'est encore pire qu'avant, il faut tout recommencer »).

Peut-on soigner la dysmorphophobie ?

Cela fait très peu de temps que l'on a commencé à s'intéresser à ces patients, considérés autrefois comme des schizophrènes. Si certains d'entre eux s'avèrent

Comment je suis devenu dysmorphophobique

MA FEMME EST DYSMORPHOPHOBIQUE

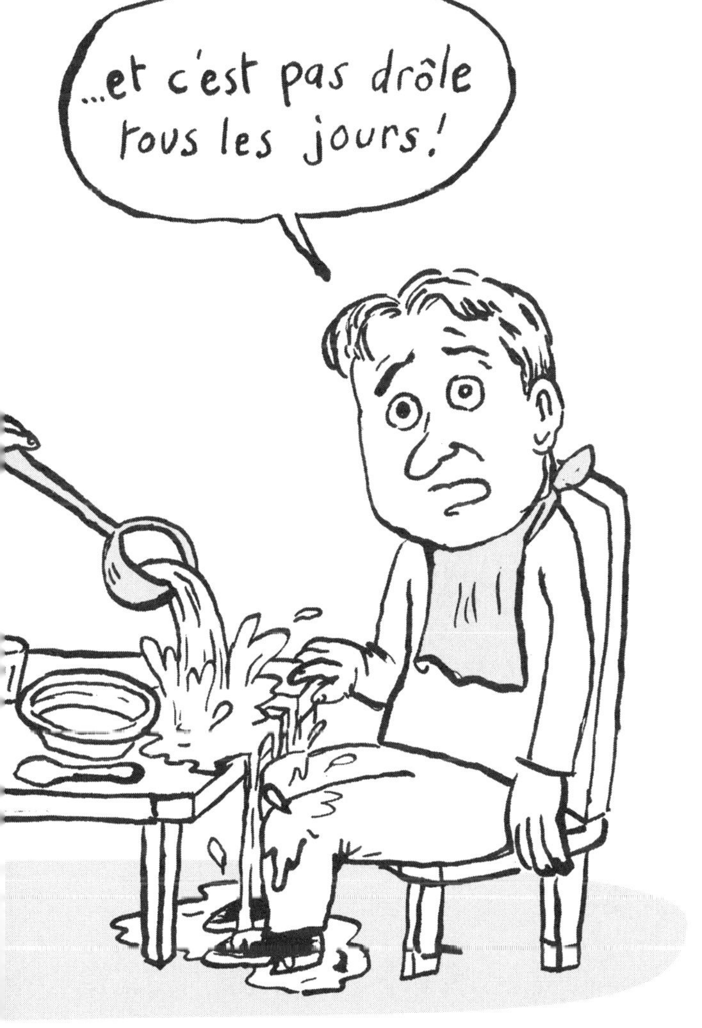
…et c'est pas drôle tous les jours !

La thérapie de Martine

Martine consulta alors différents psychothérapeutes, mais sans résultat.

Elle commença même une psychanalyse, mais après avoir raconté son enfance et ses souffrances, les complexes étaient toujours là.

Jusqu'à ce qu'une amie lui conseille une autre thérapie.

Oui, j'ai déjà rencontré des gens dans votre cas !

Vous allez prendre un peu d'antidépresseurs, ça diminuera vos ruminations et votre malaise.

Elle y alla, et là, pour la première fois, elle eut l'impression d'être comprise.

Vous ne faites pas face à vos complexes de la bonne façon...
Il est normal d'avoir des doutes sur son apparence physique !
Seulement, si on commence à se cacher, à dissimuler, on ne fait que les aggraver ! Il faut se confronter au regard des autres !
Je vais vous aider à le faire. C'est ce qu'on appelle une thérapie comportementale !
J'ai d'horribles bras flasques, les chairs pendouillantes... Je me sens mal !
Je suis là. Tenez bon !
La première étape de la thérapie consistait à s'asseoir à la terrasse d'un café, les bras nus.
Pardon Monsieur, vous avez l'heure ?
La thérapeute, qui l'accompagnait, lui demanda même d'arrêter des passants et de leur demander des renseignements.
Je peux supporter l'idée de montrer mes bras moches !
Après une demi-heure, Martine se sentait déjà moins mal.

"gros bras" "bras maigres"

Elle regarda les bras des passants, et commença à réaliser qu'on avait le droit de vivre avec des bras imparfaits.

« Eh bien maintenant, vous recommencerez cet exercice tous les soirs jusqu'à notre prochain rendez-vous ! »

Elle fit comme la thérapeute lui demandait, et une semaine plus tard, toute gêne avait disparu.

L'étape suivante fut d'aller à la piscine.

Ce fut plus difficile que prévu, car un maître nageur se mit à la draguer.

Pendant qu'il lui parlait, elle se sentait comme un hippopotame, pensant aux gros plis que faisait son ventre.

Elle dut s'accrocher pour résister à la tentation de partir.

C'est une victoire !
La thérapeute était là pour la soutenir.
Et mois après mois, les progrès continuèrent.
On peut m'aimer même en étant imparfaite physiquement !
Elle se remit à accepter les invitations de ses copines.
Elle alla même au hammam avec des collègues, et pour la première fois de sa vie, elle eut des sensations corporelles agréables.
Et si on allait au cinéma ?
À la piscine, le maître nageur était de plus en plus amoureux.
Ce soir-là, il l'embrassa.
Et s'il veut faire l'amour ?
Ça serait normal ! Il attend depuis assez longtemps !
Cela raviva fortement son anxiété.
Comment lui dire qu'à mon âge c'est la première fois ?
Vous prendrez ça comme un exercice thérapeutique !
FIN

Tu ne trouves pas que j'ai de trop grosses fesses?
Non, pourquoi?

effectivement délirants, beaucoup d'autres ne le sont qu'en ce qui concerne leurs complexes. Bizarrement, plusieurs médicaments (dits sérotoninergiques) efficaces contre l'anxiété et la dépression peuvent donner de bons résultats dans le traitement de cette pathologie. S'agissant des psychothérapies, les thérapies comportementales et cognitives semblent pouvoir procurer un soulagement dans certains cas, mais on manque encore de recul sur leur efficacité à long terme. Elles vont consister, comme pour les complexes physiques bénins, à demander au patient de s'exposer aux regards sans chercher à dissimuler ses supposés défauts, à augmenter sa tolérance à l'imperfection physique et à ne pas ramener toutes les difficultés quotidiennes à l'existence de ces mêmes imperfections. Inutile de dire que le travail est considérable et généralement assez long. Mais quel soulagement à la clé !

4 J'AI PAS LE MORAL

Déprimes et dépressions

Une petite pièce?
Si ça se trouve, je finirai comme ça...
...seul et abandonné de tous...
Cette pollution, elle nous tue!
?!
Et pour revenir en arrière, c'est trop tard!
On est foutus!

Papa !
Voilà Monsieur !
GUERRE
CRISE
CRIME ODIEUX
Tiens, je vais appeler Muzo...
Il va me remonter le moral !
Salut, c'est Christophe. T'aurais pas une histoire drôle ?

UN AN DE DÉPRESSION, ÇA SE FÊTE !

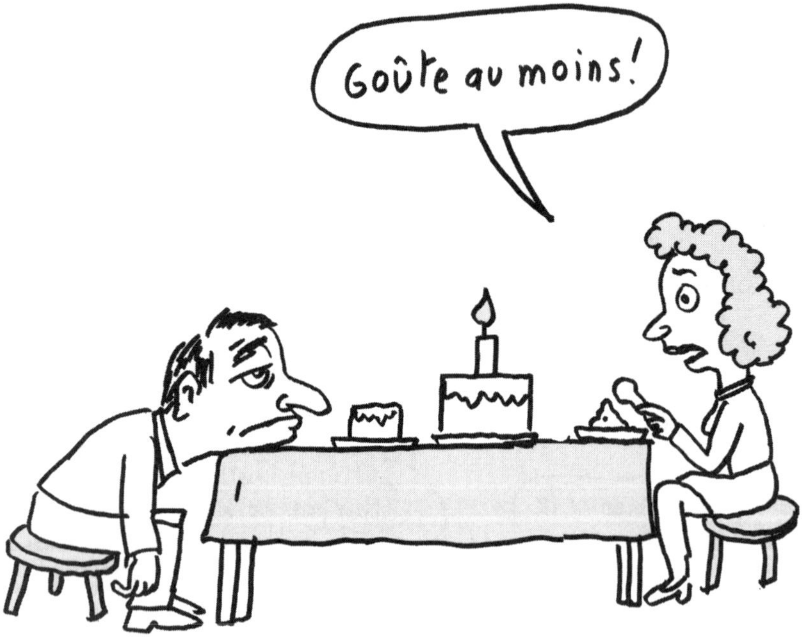

VOTRE MORAL EST-IL TROP FRAGILE ?	**Plutôt vrai**	**Plutôt faux**
1. Il m'arrive souvent d'être triste sans raison.		
2. Je ne suis pas doué(e) pour le bonheur.		
3. Je suis plutôt quelqu'un d'introverti.		
4. Je suis sensible aux événements tristes de mon environnement (voir un clochard, apprendre les problèmes d'un proche, etc.).		
5. Je me sens souvent fatigué(e).		
6. Je suis très « météo-sensible » : mon moral dépend énormément du temps qu'il fait.		
7. J'aime bien les musiques tristes.		
8. Quand j'ai le cafard, je tends à me replier sur moi-même au lieu d'aller vers les autres.		
9. Mon moral descend plus facilement qu'il ne remonte.		
10. Quelquefois, j'éprouve un certain plaisir à me sentir mélancolique ou nostalgique.		

Interprétation des résultats

De 0 à 3 réponses « plutôt vrai » : apparemment, vous n'avez aucun problème avec votre moral. Que cela vienne de l'inné ou de l'acquis, vos émotions sont souvent au beau fixe. N'oubliez pas d'en faire profiter les autres !

De 4 à 7 réponses « plutôt vrai » : comme tout le monde, vous avez des hauts et des bas. Voyez dans les pages qui suivent comment faire remonter la moyenne.

De 8 à 10 réponses « plutôt vrai » : les coups de cafard se transforment parfois chez vous en petite (ou grande) déprime. Comment faire face ? Premiers éléments de réponse dans ce chapitre.

LA MUSIQUE ADOUCIT LES MOEURS ET L'HUMEUR

1. HUMEUR, MORAL ET AUTRES ÉTATS D'ÂME

De quoi parle-t-on ?

« J'ai pas le moral », « Tu as l'air de bonne humeur », « Elle est pénible, avec ses états d'âme », « Il était de bon poil aujourd'hui, le boss ». Nous ne sommes pas que des intelligences en action : contrairement aux ordinateurs ou aux robots, nos façons de penser et de faire dépendent étroitement d'un arrière-plan émotionnel qui ne nous quitte jamais, même si nous avons tendance à l'oublier.

Notre humeur est rarement neutre : elle peut être positive (être de bon poil, de bonne humeur, avoir le moral, se sentir guilleret) ou négative (ne pas avoir le moral ou l'avoir dans les chaussettes, être de mauvaise humeur ou d'une humeur carrément massacrante, avoir du vague à l'âme, le spleen, le blues, etc.). Notons d'ailleurs qu'il existe, dans la plupart des langues, davantage de mots pour désigner les humeurs négatives que pour décrire des humeurs positives, ce qui constitue peut-être un signe de nos difficultés à « garder bon moral ».

UNE HEUREUSE

NATURE

Comme beaucoup de notions en psychologie, l'humeur est un terme facile à comprendre et difficile à définir : il désigne l'arrière-plan constant de nos états mentaux, agréable ou désagréable, peu intense (à la différence des émotions) et qui se fait donc aisément oublier (mais que notre entourage repère en revanche très bien). On peut comparer l'humeur à des verres de lunettes colorés : ils ne modifient pas notre vision des formes, mais lui confèrent une tonalité chaleureuse ou froide (tentez l'expérience de passer de verres bruns à des verts en regardant un paysage). Cependant, contrairement aux verres teintés, humeurs et diverses variations de moral influent considérablement sur nos pensées et nos comportements.

Pourquoi nos humeurs sont-elles si importantes ?

Vous connaissez la grande question métaphysique qui se pose à propos de la poule et de l'œuf : lequel était là avant l'autre ?

Les chercheurs en psychologie ont eu le même débat il y a quelques années au sujet des rapports entre l'humeur et les pensées. Quand on se sent triste, on a tendance à avoir des pensées tristes : la personne déprimée se remémore davantage ses mauvais souvenirs, voit plus facilement ses défauts et ceux de ses proches, ainsi que tout ce qui ne va pas dans la société.

Ah ben dis donc! Encore heureux que c'était la gauche!

Vous en faites pas, il m'en reste encore un!

L'humeur influence par conséquent les pensées. Mais en retour, ces pensées négatives vont encore accroître la tristesse pathologique de départ : un regard sur tout ce qui ne va pas en nous et dans le monde ne peut que nous inspirer des émotions de découragement et de tristesse.

Humeur et pensées s'influencent donc réciproquement. Mais nous n'avons toujours pas répondu à la question : quel est le phénomène initial ? Est-ce l'humeur triste qui entraîne des pensées tristes ? On sait par exemple qu'en faisant écouter des airs de musique tristes à des volontaires on induit rapidement chez eux davantage de pensées négatives. Ou bien est-ce la pensée qui induit la tristesse ? Si on demande à quelqu'un de lire un récit dramatique et poignant qui finit mal, il va se sentir tout à coup plus triste.

La pensée influe donc sur l'humeur, qui influe sur la pensée, etc. Cependant, on considère actuellement que cette influence s'exerce plus nettement dans le sens humeur-pensée : nos pensées dépendent plus facilement de notre humeur que l'inverse. C'est plus souvent un mauvais moral qui nous rendra pessimistes quant à l'avenir de la planète, plutôt que la prise de conscience réfléchie de l'avenir sombre de la planète qui nous mettra soudain de mauvaise humeur. Notre cerveau émotionnel l'emporte donc en général sur notre cerveau intellectuel. « L'esprit sera toujours la dupe du cœur », avait noté il y a plusieurs siècles le moraliste La Rochefoucauld.

Nos humeurs influent d'autant plus fortement sur notre façon de penser et d'agir qu'elles le font discrètement, en se faisant oublier. Selon que nous sommes de bonne humeur ou de mauvais poil, certains événements survenant autour de nous vont nous agacer ou nous faire sourire. Pourtant, si on nous demande le pourquoi de nos réactions, nous dirons rarement : « Parce que j'étais de bonne (ou mauvaise) humeur. » Nous aurons plutôt tendance à attribuer nos réactions à l'événement lui-même, comme si nous l'avions traité de façon neutre. Ce qui n'est quasiment jamais le cas. Nos humeurs interviennent toujours dans nos jugements, nos choix, nos comportements. Et nous avons presque toujours tendance à l'oublier. Du moins, si nous ne faisons pas l'effort d'en prendre conscience.

Là encore, La Rochefoucauld l'avait pressenti il y a plus de trois siècles en écrivant : « Les humeurs… ont un cours qui tourne imperceptiblement notre volonté ; elles roulent ensemble et exercent successivement un empire secret en nous, de sorte qu'elles ont une part considérable à toutes nos actions, sans que nous le puissions connaître. »

Beaucoup de travaux de psychologie scientifique montrent par exemple que mettre les gens de bonne humeur (même de façon modérée, en leur faisant écouter de la musique gaie, regarder un film drôle ou gagner à un petit jeu) va les rendre plus généreux, plus créatifs pour résoudre des problèmes, etc. Mais sans qu'ils aient forcément conscience de ce qui les a poussés à adopter de tels comportements ; si on leur pose alors la question : « Pourquoi avez-vous fait cela ? », ils attribuent souvent leurs attitudes à des traits de personnalité (« C'est mon caractère ») ou aux circonstances (« Je ne voyais pas quoi faire d'autre »), et rares seront celles et ceux qui diront : « C'est simplement parce que je me sentais de bonne humeur. »

De quoi dépend notre moral ?

Des petits événements quotidiens ?
C'est parfois vrai. On a démontré que la victoire ou la défaite de leur équipe de foot favorite mettait les supporters de bonne ou mauvaise humeur pendant quelque temps. Idem pour l'influence – cependant plus modeste qu'on ne le croit – de la météo. Mais les événements, du moins mineurs, ne nous touchent que dans la mesure où notre humeur le leur permet : ainsi, une humeur triste rendra insensible aux petits bonheurs du quotidien, tandis qu'une bonne humeur atténuera l'impact des petits soucis.

De notre tempérament ?
C'est plus probable : on sait qu'il existe chez les individus des aptitudes importantes et vraisemblablement innées à ressentir plus ou moins aisément des humeurs positives ou négatives. Les médecins de l'Antiquité, comme Galien qui soignait l'empereur romain

ABATTEMENT PASSAGER DU SUPPORTER

Marc Aurèle, pensaient que nos tempéraments dépendaient de l'équilibre ou du déséquilibre des quatre grandes « humeurs du corps » (en latin, *humor* signifie « liquide ») : la bile, l'atrabile, le flegme et le sang. Chacune de ces humeurs était supposée exercer un rôle spécifique sur les émotions et comportements de chacun, d'où des adjectifs qui sont restés dans le langage courant : on parle d'une personne bilieuse (inquiète, qui se fait du souci), d'un caractère atrabilaire (irritable et amer), d'un tempérament flegmatique (placide et calme) ou d'un naturel sanguin (explosif et colérique).

De notre trajectoire de vie ?

C'est aussi vrai ! L'éducation que nous avons reçue, l'atmosphère émotionnelle dans laquelle nous avons baigné au sein de notre famille et durant notre enfance, tout cela va influencer profondément nos humeurs d'adultes. Pour mieux comprendre le pourquoi de nos états d'âme quotidiens, il faut réfléchir à quelques questions, telles que : mes parents étaient-ils joyeux ou sinistres ? M'éduquaient-ils de manière sécurisante et valorisante ? Ou, au contraire, de façon critique et imprévisible ?

De notre culture ?

En partie, sans doute... On dit souvent, par exemple, que les Français sont des Italiens de mauvaise humeur ! Et il est vrai qu'il existe des influences culturelles sur les humeurs de base. Soit que le contexte social suscite ces humeurs : de nombreux travaux ont été menés sur la morosité qui frappait les populations des anciens pays communistes d'Europe de l'Est. Soit qu'il les valorise : à l'époque du romantisme, être d'humeur sombre et douloureuse s'avérait du dernier chic, tandis que gaieté et optimisme étaient considérés comme un signe de naïveté ou comme un manque de grandeur. Et, à l'inverse, nombre de cultures africaines cultivent une bonne humeur qui surprend généralement les visiteurs étrangers, compte tenu des conditions matérielles de vie de ces populations, très éloignées de nos standards de confort et qui mettraient la plupart des Occidentaux de mauvaise humeur.

De notre volonté ?

C'est encore vrai ! Le philosophe Alain disait : « Le pessimisme est d'humeur et l'optimisme de volonté. » On peut, par la prise de conscience et des efforts personnels, agir sur son moral. À condition, toutefois, qu'il n'ait pas sombré trop profondément, comme dans la dépression. Certaines phrases (« Secoue-toi ! », « Fais preuve d'un peu de volonté ! ») risquent alors d'enfoncer plus que de stimuler.

Malgré toutes ces influences diverses qui se mélangent joyeusement, chacun d'entre nous dispose d'un niveau moyen de moral dont on s'aperçoit, en l'étudiant plusieurs mois d'affilée, qu'il est relativement stable et, finalement, assez peu dépendant à long terme des événements de vie. Ce niveau moyen peut bien sûr

Ça va être un massacre!
(100% positif)

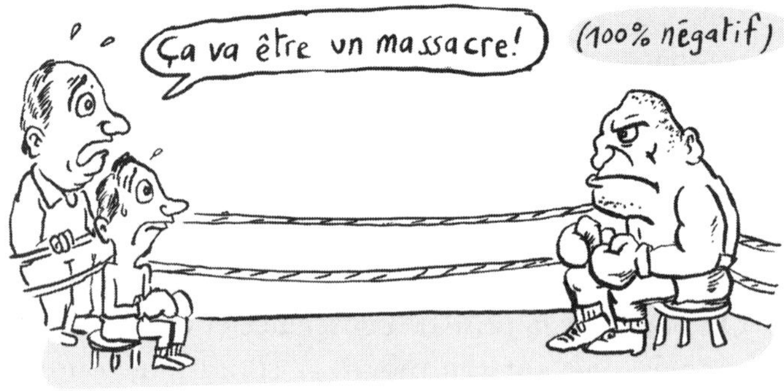
Ça va être un massacre!
(100% négatif)

Avec ça, t'as une petite chance d'en sortir vivant!
(Entre les deux : raisonnable)

évoluer à la hausse du fait de certains efforts ou stratégies psychologiques, ou à la baisse du fait de certaines difficultés. Et, surtout, il n'est ni fixe ni immobile, et constitue la résultante d'une multitude de mécanismes dits de « régulation de l'humeur ».

Humeurs, moral et états d'âme : comment ça marche ?

La régulation de l'humeur permet, quand elle fonctionne bien, de maintenir notre moral dans des limites fonctionnelles : ni trop haut ni trop bas. Un peu comme un thermostat réglant la température dans une habitation. Il semble que le cocktail le plus souhaitable pour une vie quotidienne à la fois agréable et adaptée se situe autour du rapport 2/3 - 1/3 : deux tiers d'humeurs et pensées positives (pour profiter de la vie et se faire du bien), et un tiers d'humeurs et pensées négatives (pour s'adapter et réfléchir aux problèmes et dangers éventuels).

La pensée positive permanente (quoi qu'il arrive, se dire que tout va bien et qu'il n'y a aucun problème) est peut-être favorable à la culture de la bonne humeur sur le court terme, mais s'avère peu appropriée à long terme à la survie dans un monde pas toujours facile ou bienveillant : une pincée de négatif pour une majorité de positif paraît donc le meilleur compromis en matière de rapport survie/qualité de vie.

TROUBLES DE L'HUMEUR : DU NORMAL AU PATHOLOGIQUE			
	Normal (si limité en durée ou en intensité)	Limite normal-pathologique	Pathologique
Trop vers le bas : humeur triste	Tristesse, spleen, cafard, etc.	Dysthymie (mauvais moral chronique)	État dépressif
Trop vers le haut : humeur joyeuse	Euphorie, exaltation, etc.	Hypomanie (excitation prolongée)	Accès maniaque
Trop de hauts et de bas : humeur instable	Variabilité émotionnelle	Cyclothymie (moral en montagnes russes)	Maladie bipolaire (ou maniaco-dépressive)

Ces mécanismes de régulation de l'humeur fonctionnent souvent de manière inconsciente. Parfois, ils se dérèglent et ne jouent plus leur rôle. Au lieu d'un effet réparateur et homéostatique (retour à l'équilibre), ils agissent à l'inverse en amplifiant l'humeur préexistante : c'est ce que l'on appelle, en psychiatrie, les troubles de l'humeur. La maladie dépressive pousse par exemple les sujets à se replier sur eux-mêmes, à fuir ce qui leur fait habituellement plaisir et à ruminer inlassablement des souvenirs, idées ou anticipations moroses : tout cela va encore augmenter leur humeur triste. Dans un autre trouble de l'humeur, l'accès maniaque (sorte de dépression inversée), la personne éprouve une joie pathologique qui va la pousser à des dérapages (dépenses excessives, fanfaronnades, etc.), car les mécanismes freinant l'euphorie ne fonctionnent plus. Enfin, dans ce que l'on nomme la cyclothymie, les hausses et les baisses de moral interviendront de façon brusque et excessive, faute de régulation, justement. Un peu comme une voiture dont le conducteur ne saurait se servir des pédales d'accélération ou de frein que de manière très brutale.

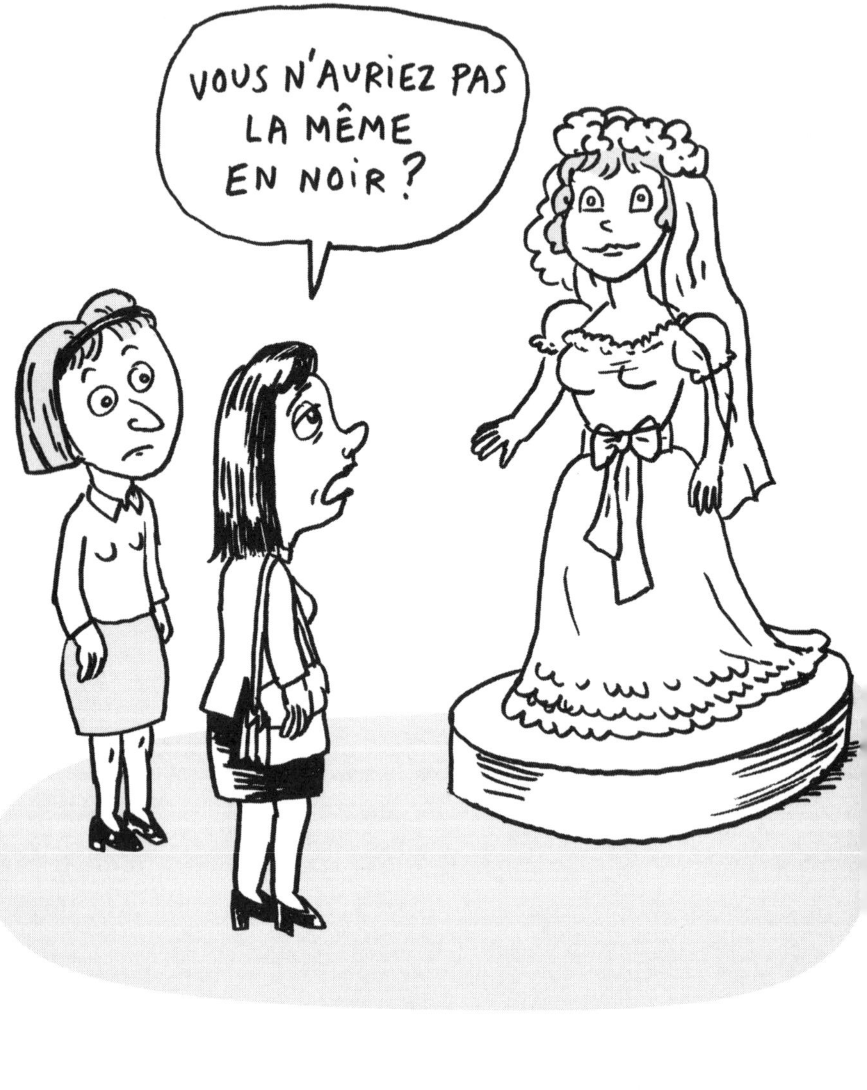
VOUS N'AURIEZ PAS LA MÊME EN NOIR ?

2. BAISSES DE MORAL ET DYSTHYMIE

Vous avez dit dysthymie ?

On appelle dysthymie un trouble de l'humeur qui consiste en une sorte de dépression chronique (une durée d'au moins deux ans est nécessaire pour le diagnostic), mais moins intense qu'un accès dépressif habituel : la personne peut continuer à mener une vie à peu près normale, même si celle-ci n'est guère agréable. « Je ne me sens jamais vraiment bien, il est très rare que j'aie le moral, le plus souvent, mon paysage mental se résume à la tristesse, la mélancolie, l'inquiétude, etc. », racontent souvent les patients dysthymiques.

Voici la liste des symptômes les plus fréquents :
- baisse d'estime de soi ;
- pessimisme ;
- peu d'intérêt ou de plaisir pour la vie quotidienne ;
- culpabilité, ruminations sur le passé ;
- fatigue chronique ;
- tendance aux hésitations, à l'indécision, etc.

Caractère triste ou dysthymie ?

Pour les psychiatres, la question de la frontière entre dysthymie et tristesse « normale » est l'une des plus difficiles à résoudre. Pas la tristesse passagère et consécutive à des événements repérables, mais la tristesse chronique, le moral habituellement bas. À partir de quand doit-on considérer qu'il ne s'agit plus d'un trait de caractère, mais d'un trouble psychique nécessitant un traitement ? Plus que l'intensité de la tristesse (comme dans ce que l'on nomme un « état dépressif majeur »), c'est sa chronicité qui doit inquiéter. Et aussi ses conséquences : la tristesse de la dysthymie est un mode de pensée habituel, qui entraîne peu à peu une raréfaction des liens sociaux et amicaux, diminue l'envie d'agir et de vivre des moments agréables, provoque un pessimisme qui alimente par voie de conséquence la tristesse, et l'amplifie, etc. De plus, la souffrance morale de la dysthymie n'est pas toujours imputable à un événement extérieur malheureux et peut exister par elle-même, sans raison particulière, au saut du lit…

Un peu de science

On parlait autrefois chez ces patients de « névrose dépressive », mais les aspects « névrotiques » (problèmes liés à des difficultés du passé) ne sont pas si évidents, alors que les aspects biologiques commencent à l'être davantage.

La dysthymie est une pathologie qui semble assez fréquente (environ 3 % de la population) et peut se compliquer d'une dépression franche, qui va l'aggraver : on parle alors de « double dépression ». C'est souvent à cette occasion que les personnes dysthymiques sont diagnostiquées et soignées, car, sinon, elles viennent peu réclamer des soins. Elles disent qu'elles ont « toujours été comme ça » et pensent à propos de leurs symptômes : « C'est dans ma nature. »

La dysthymie a un début insidieux, qui remonte la plupart du temps à l'enfance ou l'adolescence. Non traitée, elle a tendance à devenir chronique.

Ça se soigne ?

Les médicaments antidépresseurs s'avèrent assez efficaces dans la dysthymie (ils améliorent nettement environ 50 % des cas). Les placebos ne marchent que dans 10 % des cas (alors que dans les états dépressifs francs, la réponse placebo peut monter jusqu'à 30 %). On ne sait pas clairement aujourd'hui si ces sujets doivent prendre un traitement médicamenteux à vie, ou si on peut se contenter de durées limitées.

Le moyen d'éviter un traitement médicamenteux permanent repose peut-être sur les psychothérapies, elles aussi efficaces, à commencer par celles portant

TRAITEMENT ANTIDÉPRESSEUR BIO
JE POURRAIS AVOIR UN PETIT BISOU ?

sur l'estime de soi et l'affirmation de soi (nous en avons parlé au chapitre 1). Elles peuvent néanmoins requérir une phase médicamenteuse préalable, faute de quoi les patients dysthymiques risquent d'avoir du mal à accomplir les efforts demandés par le psychothérapeute.

Mais quoi qu'il en soit, des tendances dysthymiques doivent inciter à faire des efforts personnels en matière de régulation de l'humeur :

- déceler ses humeurs négatives le plus tôt possible ;
- résoudre l'éventuel problème qui en est la source ;
- mettre en place des comportements dont on sait qu'ils peuvent améliorer l'humeur (activité physique, contacts sociaux, petites tâches simples – bricolage, jardinage ou rangement, permettant d'augmenter son sentiment de contrôle, etc.).

Attention, pour élémentaires que puissent apparaître ces stratégies, d'assez nombreuses études ont démontré leur efficacité ! La plupart des travaux sur la régulation de l'humeur confirment qu'il est plus facile de se remonter le moral par l'action que par la réflexion. Même notre intelligence a ses limites…

CULTE DE LA PERFORMANCE

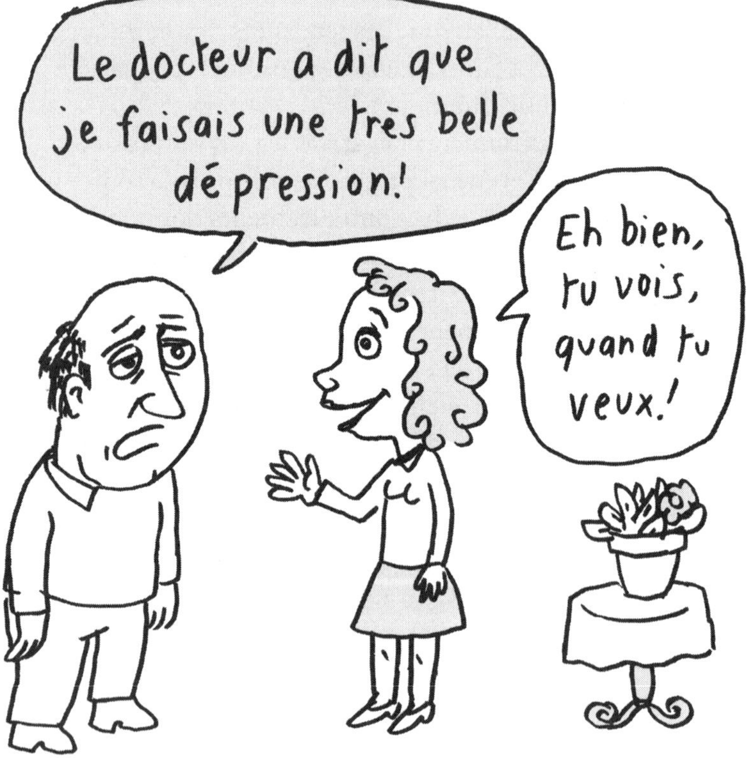

3. DÉPRESSION ET ÉTAT DÉPRESSIF MAJEUR

Le mal du siècle ?

L'OMS considère que les maladies dépressives représenteront sans doute d'ici à quelques années l'un des principaux problèmes de santé publique dans le monde entier (et pas seulement en Occident). De nombreuses interprétations sont proposées pour expliquer ce phénomène d'augmentation apparente de la dépression.

• **Sociologiques** : la diminution de la solidarité au sein des groupes humains, quels qu'ils soient (familles, voisins, sociétés dans leur ensemble). Pour chaque personne, les liens sociaux jouent en effet un rôle réparateur très important face aux expériences de pertes, de deuils, d'échecs, etc. Sentir qu'aux yeux des autres on garde sa place, son importance, recevoir des preuves de réconfort, permet de cicatriser les nombreuses et inévitables blessures liées à une existence sociale normale. C'est pourquoi toutes les études confirment que les personnes isolées paient un plus lourd tribut à la dépression.

• **Idéologiques** : le culte de la performance individuelle – être meilleur que les autres – propre à nos sociétés s'avère plus dépressogène que celui de la conformité – être comme tout le monde – qui prévalait autrefois. Notre époque exige de nous davantage d'efforts pour prouver notre valeur, tout en générant d'avantage de désillusions et d'insécurité : tout le monde en est stressé, et les plus vulnérables craquent.

• **Psychologiques** : le renforcement des attentes de bien-être chez les individus, moyennant quoi on ne tolère plus la souffrance psychologique associée à la dépression, tout comme on ne tolère plus la souffrance physique que l'on supportait jadis. Notons que ce stoïcisme n'avait pas que des avantages : beaucoup d'existences étaient marquées par les souffrances liées à des dépressions chroniques, qui détruisaient peu à peu les individus et leurs proches.

• **Alimentaires** : la diminution des acides gras de type oméga 3 dans l'alimentation occidentale moderne pourrait être impliquée dans l'augmentation des troubles de l'humeur (on trouve notamment des oméga 3 dans le poisson, les noix, les épinards, etc.). Ce qui expliquerait, par ailleurs, que les pays où les taux de dépression sont les plus élevés sont aussi ceux où les maladies cardio-vasculaires sont les plus répandues : les acides gras oméga 3 agissent sur le cœur et le cerveau. C'est pourquoi plusieurs études ont montré l'intérêt de suppléments en oméga 3 dans la prévention ou le traitement de certains états dépressifs.

Quand peut-on parler de maladie dépressive ?

Des critères assez précis ont été définis par les psychiatres pour tenter de dissiper le flou qui entoure le concept de « dépression » dans l'esprit de beaucoup de gens.

Pour parler de maladie dépressive (ou « état dépressif majeur », selon la nomenclature actuelle), il faut qu'un nombre minimum de symptômes, présents la majorité du temps et presque tous les jours, soient réunis durant au moins deux semaines :

- humeur triste ;
- perte du désir et du plaisir par rapport aux activités quotidiennes ;
- perte ou gain significatif de poids ;
- insomnie ou hypersomnie ;
- agitation ou ralentissement moteur ;
- fatigue ou sentiment de perte d'énergie ;
- sentiments de dévalorisation et de culpabilité excessifs ou inappropriés ;
- difficultés à se concentrer, se souvenir, se décider ;
- pensées de mort ou idées suicidaires.

Selon l'un des manuels de diagnostic les plus utilisés par les psychiatres du monde entier (le DSM : *Diagnostic and Statistical Manual*), on ne peut poser le diagnostic que si au moins 5 de ces 9 familles de symptômes affectent le patient (le symptôme 1, humeur triste,

DÉPRESSION

Avant, quand il regardait un match à la télé, on l'entendait à l'autre bout de la maison.

Il vociférait ses encouragements, il poussait des cris de joie,

et des hurlements de rage.

— Ben quoi? Tu l'allumes même pas?
— Bof

ou 2, perte du désir et du plaisir, devant obligatoirement être présent). Il faut aussi que ces symptômes entraînent une souffrance et une gêne significatives, et qu'ils ne surviennent pas dans un contexte où ils seraient compréhensibles (comme juste après un deuil).

Les questions théoriques posées par les maladies dépressives

Les maladies dépressives ont-elles toujours existé ?
Oui, on retrouve des descriptions de dépressions (on parlait autrefois de mélancolie ou de neurasthénie) à toutes les époques. Ainsi, le célèbre psychiatre français Jean-Étienne-Dominique Esquirol, médecin en chef de la maison royale des aliénés de Charenton, offrait en 1838 des portraits très précis de patients atteints de ces « passions tristes » dans son traité *Des maladies mentales*. Pour qualifier ces états que nous appelons « dépressifs », Esquirol employait, lui, le terme de « lypémanie » et en dressait, sur un total de 482 cas étudiés pour son ouvrage, la liste des causes présumées (dont la lecture devrait nous inciter à la modestie : les hypothèses scientifiques naissent et meurent souvent avec leur époque...).

Les maladies dépressives sont-elles plus nombreuses aujourd'hui que jadis ?

Encore oui. Même si on sait mieux les diagnostiquer, leur nombre paraît augmenter régulièrement. De génération en génération, il y a de plus en plus de personnes déprimées, et à des âges de plus en plus précoces. Actuellement, sur la vie entière, le risque de présenter une dépression concerne 1 femme sur 5 et 1 homme sur 10.

CAUSES DE LYPÉMANIE (DÉPRESSION) CHEZ 482 PATIENTS DU DOCTEUR ESQUIROL EN 1838	
Hérédité	110
Suppression des règles	25
Temps critique	40
Suites de couches	35
Chute sur la tête	10
Masturbation	6
Libertinage	30
Abus de vin	19
Chagrins domestiques	60
Revers de fortune, misère	48
Amour contrarié	42
Jalousie	8
Frayeur	19
Amour-propre blessé	12
Colère	18

TOUT AU FOND DE LA DÉPRESSION

— Secoue-toi ! Sors-toi de là !

— Voilà de la terre ! T'en fais une butte, et tu sors !

— Il pourrait s'en sortir, mais il ne fait preuve d'aucune volonté !

— Tu crois que je continue à l'aider ?

Les dépressions actuelles sont-elles différentes de celles d'autrefois ?

Toujours oui ! Il semble (d'après, notamment, les anciens traités de psychiatrie) que le déprimé d'hier se culpabilisait beaucoup et s'accusait de ne pas tenir sa place ou remplir son rôle : « Je ne suis pas une bonne mère » ; « Je suis un mauvais citoyen », etc. Alors que les psychiatres observent aujourd'hui beaucoup plus de dépressions s'exprimant par des plaintes du registre narcissique (c'est-à-dire centrées sur soi) et gravitant autour du sentiment de manque de reconnaissance ou de considération : « Mes enfants ne me respectent pas » ; « On ne m'a pas traité comme je le méritais », etc.

Les risques liés aux maladies dépressives

Le risque de rechutes (précoces) et de récidives (tardives). On considère aujourd'hui que près de 80 % des déprimés risquent de rechuter au moins une fois dans leur vie. Le traitement d'une dépression doit par conséquent toujours tenir compte de ce risque. D'où la tendance actuelle qui consiste à recommander aux patients de continuer à prendre leur médicament antidépresseur au moins un an, même s'ils se sentent mieux.

Le risque de chronicisation. Un accès dépressif mal soigné (pas assez longtemps, pas assez bien, pas assez

CHUTE　　　RECHUTE

fort, ou… pas du tout) peut évoluer en dépression chronique sur, parfois, plusieurs années. Mais la dépression est alors souvent cachée par l'alcool (dépression arrosée), un caractère de cochon (dépression hostile), des plaintes concernant le corps (dépression masquée).

Le risque de suicide. Les tentatives de suicide constituent l'une des complications les plus redoutées de la maladie dépressive. On cherche donc toujours à évaluer le risque suicidaire chez tout déprimé en lui posant systématiquement la question : « Avez-vous des idées de mort ? » Contrairement à ce que l'on a longtemps cru, on ne « donne pas des idées » au déprimé en abordant ce point avec lui.

Qui se suicide ?

On évalue à environ 150 000 le nombre de tentatives de suicide par an en France, et à 15 000 le nombre de suicides « réussis ». Toutes les tentatives de suicide ne relèvent pas d'une maladie dépressive : certaines résultent par exemple de troubles de la personnalité ou de conflits familiaux. Mais les « autopsies psychologiques » pratiquées après les suicides (analyses détaillées des facteurs qui ont conduit au suicide) dénotent tout de même des taux élevés de troubles de l'humeur : 50 à 80 %, selon les études. Les tentatives de suicide sont plus fréquentes chez les sujets jeunes (moins de 30 ans) et chez les femmes, tandis que les suicides ayant abouti s'avèrent plus fréquents chez les sujets âgés et les hommes. On se suicide davantage le jour que la nuit, avec des pics en mai et en octobre. Il semble que la perte d'espoir, plus que l'intensité de la dépression, constitue le principal facteur psychologique de risque suicidaire.

Les traitements biologiques de la dépression

Les **antidépresseurs** sont efficaces dans environ 70 % des cas. Ils doivent être pris quotidiennement pendant une durée d'au moins six mois, mais beaucoup de psychiatres considèrent qu'il faut les prendre encore plus longtemps, surtout si on a déjà présenté dans le passé d'autres épisodes dépressifs. Un traitement trop bref pourrait en effet favoriser dans certains cas la survenue de nouveaux épisodes. Les traitements prolongés n'induisent aucune dépendance, contrairement à ce que craignent beaucoup de patients, et leur arrêt s'effectue sans difficultés, à condition d'être progressif.

On a récemment démontré l'efficacité de traitements antidépresseurs « bio », tels que les extraits concentrés de **millepertuis**, dit aussi herbe de la Saint-Jean. Selon certaines études, encore en nombre limité, ces traitements seraient aussi efficaces que les antidépresseurs classiques contre les dépressions modérées (n'entraînant pas un handicap et une souffrance extrêmes), qui sont d'ailleurs les plus fréquentes. Ils représentent

QUI SE SUICIDE ?

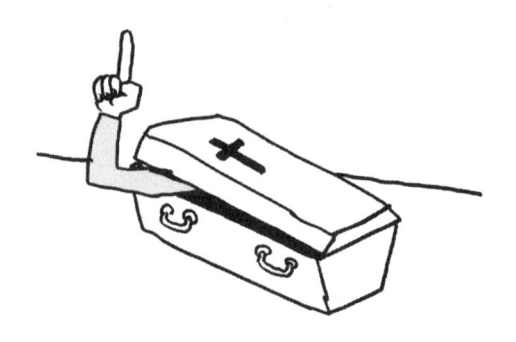

150 000 tentatives de suicide en France chaque année

environ 40 % des antidépresseurs prescrits dans un pays comme l'Allemagne. Mais attention, ce n'est pas parce qu'il s'agit de plantes que leur prescription est anodine : ils ont également des effets secondaires et des contre-indications, et il s'avère fortement déconseillé de les prendre sans avis médical.

Enfin, il faut savoir que les **électrochocs** demeurent l'une des méthodes les plus efficaces pour traiter les dépressions sévères. Ils consistent à faire passer brièvement un courant électrique continu à l'intérieur de la boîte crânienne. Les principaux inconvénients des électrochocs résident dans leurs effets secondaires (sur la mémoire, notamment) et dans la nécessité d'une anesthésie de courte durée. De plus, on ne connaît toujours pas exactement leur mécanisme d'action. Depuis quelques années, une version « light » des électrochocs fait l'objet de nombreuses études prometteuses : la SMT, **Stimulation Magnétique Transcrânienne**, qui soumet des zones précises du cerveau à des champs magnétiques de forte puissance. Le patient n'a pas besoin d'être anesthésié et reste conscient pendant l'intervention.

Les traitements psychologiques de la dépression

Aussi efficaces que les antidépresseurs pour traiter une dépression, les **psychothérapies** présentent néanmoins deux inconvénients par rapport aux médicaments : elles sont plus coûteuses, et les psychothérapeutes spécialisés

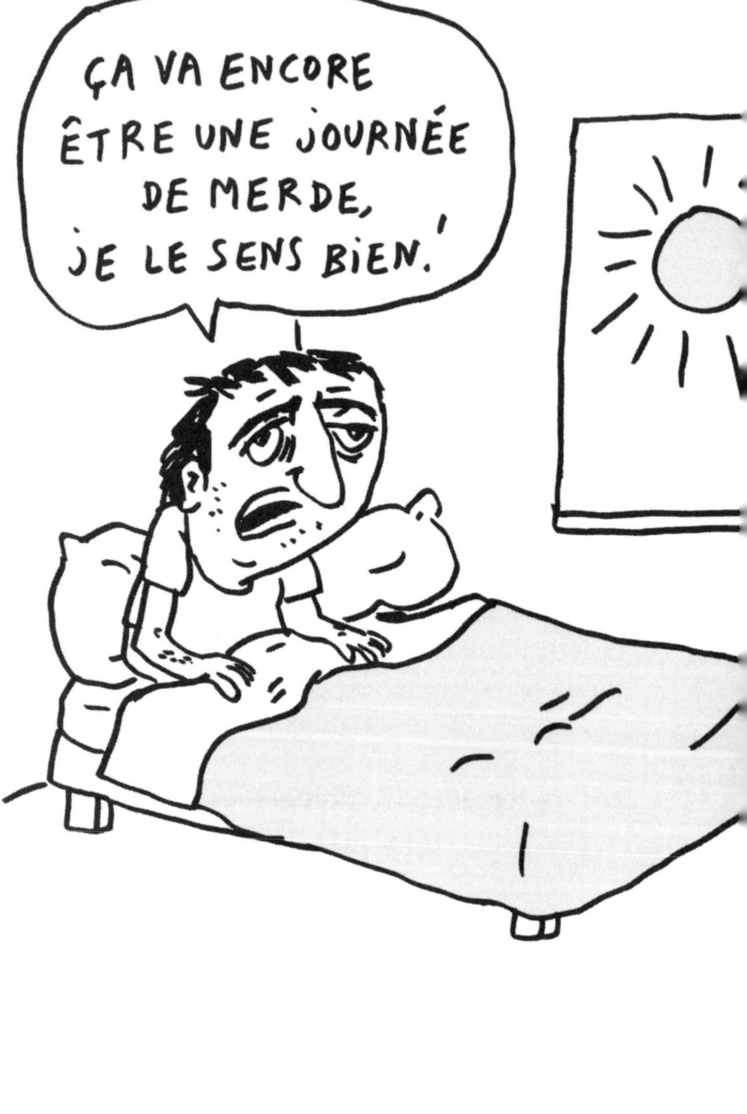
ÇA VA ENCORE ÊTRE UNE JOURNÉE DE MERDE, JE LE SENS BIEN.

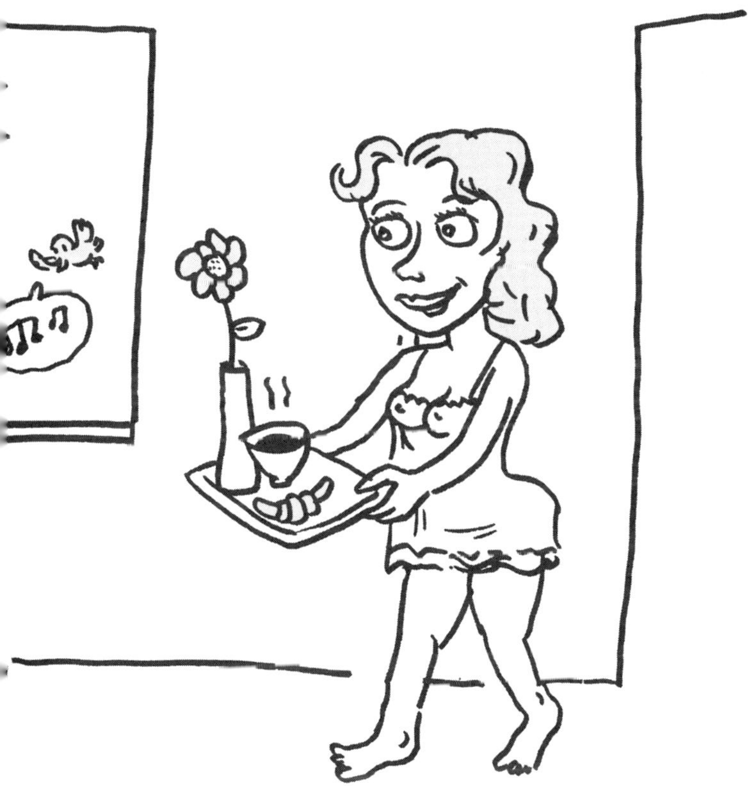

sont peu nombreux et généralement débordés. En réalité, les psychothérapies revêtent surtout de l'intérêt pour prévenir les rechutes, dont on a vu qu'elles constituaient un problème très important dans la dépression. C'est la raison pour laquelle elles interviennent souvent après l'épisode dépressif aigu : elles vont proposer au patient de modifier ce qui, dans ses systèmes de pensée et son mode de vie, pourrait représenter des facteurs de risque dépressif.

Jugées comme étant les plus efficaces en cas de dépression, les thérapies cognitives (une cognition est une pensée venant automatiquement à l'esprit, comme « Je suis nul » ou « L'avenir est bouché ») aident par exemple la personne déprimée à reconsidérer ses systèmes d'attribution causale *(décrits dans le tableau ci-contre)*.

L'objectif des psychothérapies de la dépression et du risque dépressif consiste donc à agir sur ces erreurs d'attribution, ainsi qu'à modifier durablement certains traits psychologiques, comme le pessimisme, la dépendance vis-à-vis du jugement d'autrui, le manque de confiance en soi, etc.

Au cours de ces thérapies, les patients acquièrent généralement une sorte de philosophie personnelle de l'existence, des capacités de recul et d'autocritique constructive, qu'ils utiliseront ensuite pour affronter adversité et événements futurs. Voilà pourquoi certains auteurs ont parlé, à propos des thérapies cognitives, de « well-being therapy », de thérapie du bien-être.

LES ATTRIBUTIONS CAUSALES CHEZ LES SUJETS DÉPRIMÉS	
En cas d'événement POSITIF dans son quotidien (par exemple, réussir un examen pour un étudiant), la personne déprimée procède à une attribution de causalité…	En cas d'événement NÉGATIF dans son quotidien (par exemple, échouer à un examen pour un étudiant), la personne déprimée procède à une attribution de causalité…
Externe : « Ça ne vient pas de moi » (« J'ai eu de la chance, ils n'ont pas été sévères, tout le monde l'a eu, etc. »).	**Interne** : « C'est de ma faute » (« Je ne suis pas assez intelligent, je n'ai pas assez travaillé, etc. »).
Instable : « Ça ne durera pas, ça ne se reproduira pas » (« J'ai eu cette matière, mais je n'aurai pas les autres ; et l'an prochain, je raterai tout »).	**Stable** : « Ce n'est qu'un début, ça va durer, ça va recommencer » (« Je n'aurai pas non plus les autres matières ; et l'an prochain, ça recommencera et je raterai tout »).
Spécifique : « Ça ne veut rien dire, je suis quand même minable » (« Avoir mes examens ne me rend pas plus heureux ou plus séduisant »).	**Globale** : « Ça prouve bien que je suis minable » (« Non seulement je rate ma vie personnelle, mais en plus je n'aurai aucun diplôme »).

La psychothérapie, ce n'est pas du vent…

Ceux qui pensent que la psychothérapie n'est qu'une aimable conversation, sans grand effet sur ce qui se passe au niveau de la biologie cérébrale ou du poids du passé, vont avoir de plus en plus de mal à défendre cette position. Un nombre croissant de travaux démontrent que les psychothérapies les plus efficaces (comportementales et cognitives notamment) modifient, tout comme les médicaments, le fonctionnement cérébral perturbé dans les maladies psychiques.

Des travaux récents, émanant notamment d'équipes françaises et canadiennes, ont révélé comment ces thérapies rétablissent chez les personnes déprimées une activité normale au niveau d'une zone cérébrale appelée « cortex préfrontal dorso-médian » ; et comment cette normalisation correspond à la diminution progressive de la tendance à s'attribuer tous les défauts et à se juger responsable de tous les malheurs du monde : le cortex préfrontal dorso-médian est en effet la zone du « moi émotionnel », très perturbé dans les maladies dépressives…

DÉPRIMÉS au BUREAU

MALADIE BIPOLAIRE

4. CYCLOTHYMIE ET MALADIE BIPOLAIRE

Qu'est-ce que la maladie bipolaire ?

Dans la famille des troubles de l'humeur, la maladie bipolaire occupe une place à part : elle consiste en la survenue fréquente tantôt d'accès dépressifs « classiques », tantôt de ce que les psychiatres appellent des « épisodes maniaques », à savoir des états d'excitation et d'euphorie pathologiques, susceptibles d'attirer de gros ennuis au patient qui en souffre.

Il existe plusieurs formes de maladies bipolaires, selon que prédominent les épisodes maniaques (maladie bipolaire de type 1) ou bien plutôt les épisodes dépressifs (maladie bipolaire de type 2). On utilise aussi parfois le terme de maladie maniaco-dépressive. On parlait jadis de « folie circulaire » pour désigner l'alternance de ces épisodes de hauts (la manie) et de bas (la dépression) revenant régulièrement.

L'accès maniaque de la maladie bipolaire

Lorsqu'un psychiatre parle de « manie », cela n'a rien à voir avec les « petites manies » de la vie quotidienne en matière de rangement, d'hygiène ou de bonnes manières. Il s'agit de quelque chose de beaucoup plus explosif et spectaculaire. Quiconque a assisté à un accès maniaque chez un patient (pour les médecins) ou un proche (pour l'entourage) ne risque pas de l'oublier. Autant la personne dépressive s'avère excessivement triste, ralentie et pessimiste, autant le sujet en manie est anormalement euphorique, confiant et excité.

Les principaux symptômes d'un état maniaque sont:

• une euphorie excessive, inexplicable par des événements de vie, souvent associée à de l'irritabilité ou même de l'agressivité (si on contredit ou contrarie la personne);
• l'augmentation de l'estime de soi, voire des idées de grandeur (avoir suivi 3 heures de cours de judo et se déclarer ceinture noire, en défiant quiconque conteste l'affirmation; après quelques leçons de solfège, se lancer dans l'écriture d'une symphonie pour la proposer à un orchestre);
• la réduction spectaculaire des besoins de sommeil (le sujet peut se contenter de 3 heures par nuit);

• le besoin pressant de communiquer avec toutes les personnes rencontrées, et une tendance à la logorrhée (flot de paroles difficile à interrompre, véritable diarrhée verbale) ;

• la fuite des idées (la personne passe du coq à l'âne, saute d'une idée à l'autre, comme si sa pensée allait plus vite que ses paroles) ;

• une grande distractibilité (impossibilité de se concentrer sur un seul sujet, attention attirée par le moindre détail extérieur) ;

• une hyperactivité mal canalisée, s'orientant dans toutes les directions (sociale, professionnelle, sexuelle, etc.) ;

• une perte de l'aptitude à s'autoréguler (dépenses excessives, bagarres sur la voie publique, voyages pathologiques, etc.).

Assez rapidement, le plus souvent en l'espace de quelques jours, mais parfois au bout de plusieurs semaines seulement, le sujet en accès maniaque finit par causer des problèmes dans sa famille, à son travail, sur la voie publique : il peut donner des cours de karaté aux badauds, juché sur le toit d'une voiture ; décider de régler la circulation à un carrefour embouteillé ; écouter à plein tube un opéra de Verdi à 3 heures du matin ; aller expliquer à son P.-D.G. les règles du management, etc. Le patient en manie finit généralement par attirer l'attention sur son état pathologique et par être hospitalisé en urgence. Hélas, il peut entre-temps avoir dépensé tout son argent ou celui de ses proches, avoir commis des actes délictueux, embarrassants, des attentats à la pudeur, etc. Le traitement consiste en une hospitalisation en psychiatrie (la plupart du temps sous contrainte, car les patients, qui disent se sentir « en pleine forme », refusent souvent les soins) et en l'administration de médicaments neuroleptiques, seuls capables de calmer l'énorme excitation de la manie. Un épisode maniaque atténué ou débutant est qualifié d'« hypomaniaque », mais doit lui aussi être soigné sans tarder.

Les épisodes dépressifs de la maladie bipolaire

Ils peuvent ne rien offrir de particulier comparé aux états dépressifs non liés à une maladie bipolaire, mais il arrive qu'ils revêtent la forme de « délires dépressifs », ou « dépressions mélancoliques » pour reprendre les termes des psychiatres. Comme pour la manie, le mot « mélancolie » est là aussi un faux ami, car il renvoie aux dépressions les plus graves qui existent : les patients sont persuadés d'être responsables et coupables de tout ce qui ne va pas autour d'eux, qu'il s'agisse de leur entourage proche (les problèmes de leur conjoint, de leurs enfants, de leur famille et de leurs amis sont totalement de leur faute) ou de la marche du monde (ils peuvent s'accuser de la sécheresse parce qu'ils ont pris trop de bains, de la crise de la démocratie parce qu'ils n'ont pas voté récemment, etc.). Ils se considèrent comme indignes de survivre et le risque suicidaire s'avère alors très élevé.

Il y a également un risque élevé de « suicide altruiste » : estimant que le monde est atroce, que l'avenir est bouché, le patient ne veut pas y abandonner ceux qu'il aime et peut tenter de leur donner la mort avant de se supprimer lui-même.

MON COPAIN CYCLOTHYMIQUE

Une forme atténuée de maladie bipolaire : la cyclothymie

On retrouve chez certaines personnes la survenue, à intervalles réguliers, d'états d'excitation atténués (hypomanie) alternant avec des passages dépressifs qui ne constituent pas une véritable maladie bipolaire, mais qui s'avèrent suffisamment nets pour être connus à la fois du patient et de son entourage (« moral en montagnes russes »). Plusieurs fois par an, les sujets cyclothymiques traversent des phases d'excitation et d'hyperactivité, inexorablement suivies par des épisodes de déprime. Dans 20 à 50 % des cas, la cyclothymie peut déboucher sur une vraie maladie bipolaire, mais elle peut aussi ne pas dépasser les limites de simples hausses et baisses de moral, qui s'avèrent néanmoins assez souvent gênantes (instabilité professionnelle, amicale, sentimentale).

Vivre avec une maladie bipolaire

La maladie bipolaire est connue des médecins depuis la nuit des temps. Beaucoup de personnages célèbres sont suspectés d'en avoir souffert, notamment parmi les artistes (les musiciens Schumann, Berlioz, Rossini, le philosophe Nietzsche, le poète Byron, etc.). Ce qui a d'ailleurs conduit à se poser la question des rapports

MANIACO

DÉPRESSIF

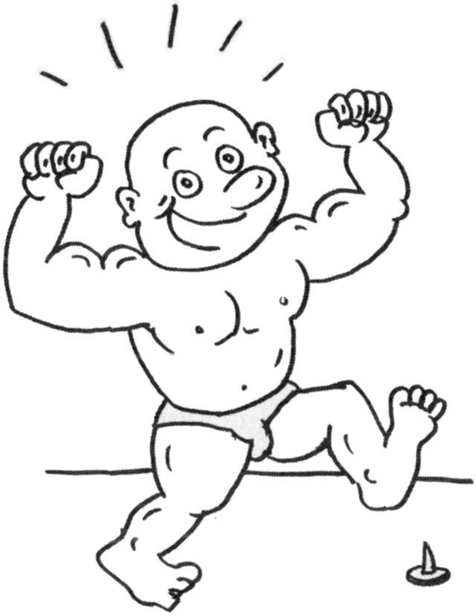

MANIACO

DÉPRESSIF

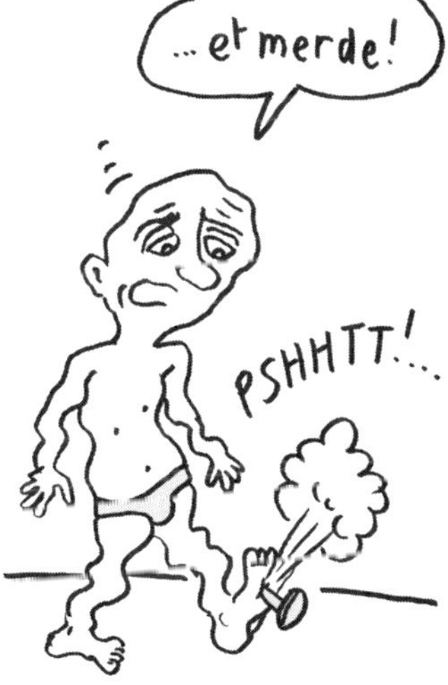

entre maladie bipolaire et créativité. Dans un certain nombre de cas, la corrélation est positive, et il semble que les états réguliers d'accélération des capacités intellectuelles liés à la manie soient en partie impliqués dans les facultés créatrices. Mais le plus souvent, ce trouble perturbe profondément l'existence de ceux qui en souffrent, en détruisant à chaque poussée, qu'elle soit dépressive ou maniaque, leur équilibre de vie. Et pourtant, paradoxe parfaitement connu des médecins, les patients bipolaires se montrent presque « attachés » à leurs accès maniaques…

Dans le petit monde de la psychiatrie, une célèbre spécialiste américaine de la maladie bipolaire, Kay Redfield Jamison, suscita il y a quelques années une immense émotion en annonçant qu'elle était elle-même atteinte de ce trouble. Elle en fit un livre (*De l'exaltation à la dépression*), qui connut un grand succès et dans lequel elle décrivait très bien comment, pendant plus d'une dizaine d'années, elle avait refusé d'admettre et de faire soigner sa maladie, se retrouvant fréquemment dans des situations très délicates lors de ses accès maniaques.

Le traitement de la maladie bipolaire

Le problème fondamental de la maladie bipolaire est le suivant : comment faire accepter les soins au patient ? Lors des épisodes dépressifs, il n'y a guère de difficultés car on a affaire à une personne résignée et abattue. Mais en manie, le malade est précisément persuadé d'aller parfaitement bien et n'a absolument pas envie de se retrouver hospitalisé et mis sous médicaments. D'où des « chasses à l'homme » parfois spectaculaires de la part des équipes de psychiatrie, des pompiers ou des policiers, pour tenter d'hospitaliser le sujet en crise. Je me souviens, quand j'étais jeune psychiatre, être allé chercher des patients maniaques à peu près partout : dans des bistrots où ils avalaient des litres de bière à la suite de paris stupides ; sur des toits où ils avaient pris la fuite ; dans des gares ou des aéroports d'où ils s'apprêtaient à partir à l'autre bout du monde, etc.

Mais plutôt que ces cavalcades aussi stressantes pour les patients, qui ne comprennent pas pourquoi on veut les brider, que pour les soignants, qui redoutent les accidents, le meilleur traitement de la maladie bipolaire consiste en la prévention des accès grâce à des médicaments régulateurs de l'humeur (dits « thymorégulateurs »), à base de sels de lithium ou dérivés d'autres molécules chimiques. Si le patient les prend régulièrement, les épisodes pathologiques diminuent en intensité et en fréquence, et une vie plus stable redevient possible. Et l'on peut même en arriver à cet aveu paradoxal de Kay Redfield Jamison, la psychiatre souffrant de maladie bipolaire dont nous avons parlé un peu plus haut :

« M'en donnerait-on le choix, je me suis souvent demandé si je voudrais être maniaco-dépressive. Si l'on ne pouvait pas se procurer de lithium, ou s'il n'agissait pas sur moi, la réponse serait un non catégorique – sous le coup de la terreur. Mais le lithium agit bien sur moi, et je peux donc me permettre de me poser la question. Chose étrange, je crois que je choisirais d'avoir cette maladie…

Parce que je crois honnêtement que je lui dois d'avoir éprouvé plus de choses, plus profondément. D'avoir eu plus d'expériences, plus intenses. D'avoir aimé davantage et d'avoir été plus aimée. De rire plus souvent pour avoir plus pleuré. De mieux apprécier le printemps au sortir de l'hiver… »

Dans ces lignes qui concluent son ouvrage autobiographique, la psychiatre rend hommage à notre discipline : quand nous traitons des patients, notre objectif n'est pas de les rendre à tout prix normaux et lisses, mais simplement de leur permettre de vivre à leur guise leur grain de folie personnel. Sans aller, toutefois, jusqu'à se détruire…

CONCLUSION
Bon, récapitulons...
... comme j'ai très peur de la maladie et de la mort, tu m'as fait visiter des hôpitaux et des cimetières...
Ça t'a permis de découvrir plein de choses!
Certes! Puis, comme je suis obsédé par mon apparence physique...
... tu m'as projeté pendant des heures des vidéos de mère Teresa et de l'abbé Pierre, me serinant que la beauté vient de l'intérieur!
C'est vrai! C'était pas intéressant?
Très! Je continue! Comme je n'ai pas toujours confiance en moi, tu m'as fait faire pendant des heures des exercices où je devais essayer douze paires de chaussures sans en acheter, aucune!
C'était drôle, non?
À MOURIR de rire!

Enfin, cet hiver, quand je n'avais pas trop le moral, tu as cherché à m'attirer à Sainte-Anne...
... pour tester sur moi ta machine à Stimulation Magnétique Transcrânienne !
Et là, tu as dit non !
Ben riens !
Mais où veux-tu en venir avec ta liste, là ?
Juste à cette question : c'est quoi ton problème à toi, en fait ?
Euh... mon problème ?...
Écoute, d'accord, je te le dis, mais tu ne le répéteras pas !
Eh ben dis donc !
Vous, les psys, vous êtes pleins de ressources !
On tient un bon sujet pour notre prochain bouquin, là !

QUELQUES LIVRES POUR EN SAVOIR (ENCORE) PLUS...

Sur le manque de confiance en soi et la mauvaise estime de soi

Christophe André, *Imparfaits, libres et heureux, pratiques de l'estime de soi*, Odile Jacob, 2006.

Christophe André et François Lelord, *L'Estime de soi*, Odile Jacob, 1999

Charly Cungi, *Savoir s'affirmer*, Retz, 2001.

Frédéric Fanget, *Osez !*, Odile Jacob, 2003

Frédéric Fanget, *Affirmez-vous !*, Odile Jacob, 2000

Stéphanie Hahusseau, *Comment ne plus se gâcher la vie*, Odile Jacob, 2003

Bruno Koeltz, *Comment ne pas tout remettre au lendemain*, Odile Jacob, 2006

Maxime Verbist, *Prendre en main son destin, transformer ses faiblesses en sagesse*, Odile Jacob, 2009

Roger Zumbrunnen, *Changer dans sa tête, bouger dans sa vie*, Odile Jacob, 2009

Sur les complexes physiques et la dysmorphophobie

Jean-François Amadieu, *Le Poids des apparences*, Odile Jacob, 2002

Françoise Millet-Bartoli, *La Beauté sur mesure, psychologie et chirurgie esthétique*, Odile Jacob, 2008

François Nef et Emmanuelle Hayward, *Accepter son corps et s'aimer*, Odile Jacob, 2008

Jean Tignol, *Le Défaut imaginaire*, Odile Jacob, 2004

Sur les soucis excessifs pour sa santé et l'hypocondrie

Michel Lejoyeux, *Vaincre sa peur de la maladie*, La Martinière, 2002

Patrice Delbourg, *Vivre surprend toujours, Journal d'un hypocondriaque*, Seuil, collection Points, 1994

Sur le mauvais moral et les maladies dépressives

Michael Addis et Christopher Martell, *Vaincre la dépression, une étape à la fois*, Les Éditions de l'Homme, 2009

Henry Cuche et Alain Gérard, *Je vais craquer*, Flammarion, 2002

Charly Cungi et Ivan Note, *Faire face à la dépression*, Retz, 1999

Nicolas Duchesne, *Des hauts et des bas, bien vivre sa cyclothymie*, Odile Jacob, 2006

David Gourion et Henri Lôo, *Les Nuits de l'âme, guérir de la dépression*, Odile Jacob, 2007

Emmanuel Granier, *Idées noires et tentatives de suicide, réagir et faire face*, Odile Jacob, 2006

Christine Mirabel-Sarron, *La Dépression, comment en sortir*, Odile Jacob, 2002

Andrew Solomon, *Le Diable intérieur*, Albin Michel, 2002

Sur la maladie bipolaire et la maniaco-dépression

Marc-Louis Bourgeois, *Manie et dépression, comprendre et soigner les troubles bipolaires*, Odile Jacob, 2007

Christian Gay et Alain-Jean Grémont, *Vivre avec des hauts et des bas*, Hachette, 2002

Kay Redfield-Jamison, *De l'exaltation à la dépression*, Robert Laffont, 1997

TABLE

INTRODUCTION 7

I. « JE DOUTE DE MOI »
Manque de confiance et mésestime de soi

1. POURQUOI TANT DE DOUTES ? 17

2. « JE N'OSE PAS M'AFFIRMER » :
LE DOUTE SUR SA PLACE AU MILIEU DES AUTRES . 32
   Qu'est-ce que l'affirmation de soi ? 32
   Qu'est-ce qui empêche de s'affirmer ? 35
   Comment changer ? 37
   Une méthode simple pour des histoires
   compliquées 38

3. « JE N'AI PAS CONFIANCE EN MOI » :
LE DOUTE SUR SES CAPACITÉS D'AGIR
ET DE RÉUSSIR 43
   Qu'est-ce que la confiance en soi ? 43
   Quelles sont les manifestations du manque de
   confiance en soi ? 47
   Le manque de confiance en soi à travers les âges de
   la vie 51

Chez l'enfant	51
Chez l'adolescent	52
Chez l'adulte	52
Chez la personne âgée	53
Faire face au manque de confiance en soi	54
La lutte contre le perfectionnisme	54
Psychologie de l'action	54
Psychologie de l'échec	56

4. « JE NE M'ESTIME PAS » : LE DOUTE SUR SOI 60

Qu'est-ce que l'estime de soi ?	60
Comment se manifeste une mauvaise estime de soi ?	60
Une connaissance de soi médiocre et faussée	60
Une tendance à l'autocritique féroce	61
Une faible résilience	62
Une grande dépendance	63
Les conséquences psychopathologiques d'une mauvaise estime de soi	63
Comment améliorer son estime de soi ?	64

II. « J'AI PEUR DE LA MALADIE »
Soucis pour sa santé et hypocondrie

1. À VOTRE SANTÉ ! 77

Comment ça va ?	77
Malade ou en bonne santé ?	80
« Qui augmente sa science augmente sa douleur… » (l'*Ecclésiaste*.)	81
Entre santé et maladie, une zone floue…	82

2. LES SOUCIS POUR UNE BONNE SANTÉ.......... 83

Soigner sa santé, ou la santé active 83
Trop peu d'attention portée à sa santé.......... 83
Trop d'attention portée à sa santé 87

3. HYPOCONDRIE 89

Qu'est-ce que l'hypocondrie?................ 89
Quels sont les symptômes de l'hypocondrie?.... 90
Handicap et souffrance.................... 93
Hypocondriaque et médecin : un vrai tandem.... 96
D'où vient l'hypocondrie? 101
Différentes formes d'hypocondrie.............. 104
Traitement................................ 104
Finalement, qu'est ce qu'un rapport normal à sa santé?................................. 106

III. « JE NE ME PLAIS PAS »
Image de soi, complexes et dysmorphophobie

1. TOUT EST DANS LA TÊTE... 117

Corps et image du corps.................... 117
Le problème de l'image de soi................ 117
Miroir, mon beau miroir... 119
Qu'est-ce qui peut jouer ponctuellement sur l'image de soi?................................. 120

2. COMPLEXES 123

Qu'est-ce qu'un complexe?.................. 123
Exemples de complexes 126
Principales conséquences des complexes 126

D'où viennent les complexes?...............	128
Que faire pour lutter contre ses complexes?.....	133

3. DYSMORPHOPHOBIE 137

Dysmorphophobie ou BDD?................	137
Comment se manifeste la dysmorphophobie?....	137
Les conséquences de la dysmorphophobie.......	144
Peut-on soigner la dysmorphophobie?..........	144

IV. «J'AI PAS LE MORAL»
Déprimes et dépressions

1. HUMEUR, MORAL ET AUTRES ÉTATS D'ÂME 161

De quoi parle-t-on?......................	161
Pourquoi nos humeurs sont-elles si importantes?.	164
De quoi dépend notre moral?...............	168
Des petits événements quotidiens?	168
De notre tempérament?	168
De notre trajectoire de vie?...................	170
De notre culture?	170
De notre volonté?	171
Humeurs, moral et états d'âme: comment ça marche?................................	173

2. BAISSES DE MORAL ET DYSTHYMIE 177

Vous avez dit dysthymie?...................	177
Caractère triste ou dysthymie?...............	178
Un peu de science.......................	178
Ça se soigne?...........................	179

3. DÉPRESSION ET ÉTAT DÉPRESSIF MAJEUR 183
  Le mal du siècle ? 183
  Quand peut-on parler de maladie dépressive ? 185
  Les questions théoriques posées par les maladies dépressives 187
  Les maladies dépressives ont-elles toujours existé ? 187
  Les maladies dépressives sont-elles plus nombreuses aujourd'hui que jadis ? 188
  Les dépressions actuelles sont-elles différentes de celles d'autrefois ? 188
  Les risques liés aux maladies dépressives 188
  Qui se suicide ? 192
  Les traitements biologiques de la dépression 193
  Les traitements psychologiques de la dépression . . 195
  La psychothérapie, ce n'est pas du vent 199

4. CYCLOTHYMIE ET MALADIE BIPOLAIRE 203
  Qu'est-ce que la maladie bipolaire ? 203
  L'accès maniaque de la maladie bipolaire. 204
  Les principaux symptômes d'un état maniaque . . . 204
  Les épisodes dépressifs de la maladie bipolaire . . . 206
  Une forme atténuée de maladie bipolaire : la cyclothymie 209
  Vivre avec une maladie bipolaire. 209
  Le traitement de la maladie bipolaire 212

POUR EN SAVOIR PLUS 219

DES MÊMES AUTEURS

Christophe André et Muzo

Petites Angoisses et Grosses Phobies
Seuil, 2002
repris sous le titre
Je dépasse mes peurs et mes angoisses
Points, n° P2364

Petits Pénibles et Gros Casse-Pieds
Seuil, 2007

Autres ouvrages de Christophe André

La Peur des autres. Trac, timidité et phobie sociale
(avec Patrick Légeron)
Odile Jacob, 1995 et 2000

Comment gérer les personnalités difficiles
(avec François Lelord)
Odile Jacob, 1996

L'Estime de soi
(avec François Lelord)
Odile Jacob, 1999 et 2007

La Force des émotions
(avec François Lelord)
Odile Jacob, 2001

Vivre heureux. Psychologie du bonheur
Odile Jacob, 2003

Psychologie de la peur. Craintes, angoisses et phobies
Odile Jacob, 2004

De l'art du bonheur
Iconoclaste, 2006

Imparfaits, libres et heureux. Pratiques de l'estime de soi
Odile Jacob, 2006

Les États d'âme. Un apprentissage de la sérénité
Odile Jacob, 2009

Autres ouvrages de Muzo

J'habite ici
Association Placid et Muzo, 1984

Adieu
Éditions du Dernier Terrain Vague, 1989

Coco Pimpolet sauve la princesse
Albin Michel, 1995

Au matin, j'explose
(avec Hervé Prudhon)
Éditions du Ricochet, 1999

J'ai trois ans et pas toi
(avec Hervé Prudhon)
Verticales, 1999

Dead Line
(avec Hervé Prudhon)
Liber niger, 2000

De bouche à oreille
(avec Catherine Bourzat)
Zouave Éditeur, 2000

C'est pas juste !
Thierry Magnier, coll. « Tête de lard », 2001

Le Brassens illustré
Albin Michel, 2001

Les Hommes et les Femmes
Buchet-Chastel, coll. « Les cahiers dessinés », 2002

Vous avez dit justice
Texte de Marie-Brossy-Patin et Xavier Lameyre
La Documentation française-Seuil Jeunesse, 2006

Quand dormir devient un problème
Texte de Rébecca Shankland et Thomas Saïas
La Martinière Jeunesse, 2006

Dix Petits Nuages
Autrement, 2008

Ha ! Ha ! Ha !
Alain Beaulet éditeur, 2008

Tous libres et égaux
Texte d'Aurine Crémieu
Autrement-Amnesty international, 2008

Bisou
Siranouche éditions, 2010

RÉALISATION : PAO ÉDITIONS DU SEUIL
IMPRESSION : NORMANDIE ROTO IMPRESSION S.A.S À LONRAI
DÉPÔT LÉGAL : OCTOBRE 2010. N° 102201 (103284)
Imprimé en France

Collection Points

Le catalogue complet de nos collections est sur Le Cercle Points, ainsi que des interviews de vos auteurs préférés, des jeux-concours, des conseils de lecture, des extraits en avant-première…

www.lecerclepoints.com

DERNIERS TITRES PARUS

P2377. Naufrages, *Francisco Coloane*
P2378. Le Remède et le Poison, *Dirk Wittenbork*
P2379. Made in China, *J. M. Erre*
P2380. Joséphine, *Jean Rolin*
P2381. Un mort à l'Hôtel Koryo, *James Church*
P2382. Ciels de foudre, *C.J. Box*
P2383. Robin des bois, prince des voleurs, *Alexandre Dumas*
P2384. Comment parler le belge, *Philippe Genion*
P2385. Le Sottisier de l'école, *Philippe Mignaval*
P2386. « À toi, ma mère », Correspondances intimes
        sous la direction de Olivier et Patrick Poivre d'Arvor
P2387. « Entre la mer et le ciel », Rêves et récits de navigateurs
        sous la direction de Olivier et Patrick Poivre d'Arvor
P2388. L'Île du lézard vert, *Eduardo Manet*
P2389. « La paix a ses chances », *suivi de* « Nous proclamons la création d'un État juif », *suivi de* « La Palestine est le pays natal du peuple palestinien »
        Itzhak Rabin, David Ben Gourion, Yasser Arafat
P2390. « Une révolution des consciences », *suivi de* « Appeler le peuple à la lutte ouverte »
        Aung San Suu Kyi, Léon Trotsky
P2391. « Le temps est venu », *suivi de* « Éveillez-vous à la liberté »,
        Nelson Mandela, Jawaharlal Nehru
P2392. « Entre ici, Jean Moulin », *suivi de* « Vous ne serez pas morts en vain », *André Malraux, Thomas Mann*
P2393. Bon pour le moral ! 40 livres pour se faire du bien
P2394. Les 40 livres de chevet des stars, The Guide
P2395. 40 livres pour se faire peur, Guide du polar
P2396. Tout est sous contrôle, *Hugh Laurie*
P2397. Le Verdict du plomb, *Michael Connelly*
P2398. Heureux au jeu, *Lawrence Block*
P2399. Corbeau à Hollywood, *Joseph Wambaugh*
P2400. Pêche à la carpe sous Valium, *Graham Parker*

P2401. Je suis très à cheval sur les principes, *David Sedaris*
P2402. Si loin de vous, *Nina Revoyr*
P2403. Les Eaux mortes du Mékong, *Kim Lefèvre*
P2404. Cher amour, *Bernard Giraudeau*
P2405. Les Aventures miraculeuses de Pomponius Flatus
Eduardo Mendoza
P2406. Un mensonge sur mon père, *John Burnside*
P2407. Hiver arctique, *Arnaldur Indridason*
P2408. Sœurs de sang, *Dominique Sylvain*
P2409. La Route de tous les dangers, *Kriss Nelscott*
P2410. Quand je serai roi, *Enrique Serna*
P2411. Le Livre des secrets. La vie cachée d'Esperanza Gorst
Michael Cox
P2412. Sans douceur excessive, *Lee Child*
P2413. Notre guerre. Journal de Résistance 1940-1945
Agnès Humbert
P2414. Le jour où mon père s'est tu, *Virginie Linhart*
P2415. Le Meilleur de «L'Os à moelle», *Pierre Dac*
P2416. Les Pipoles à la porte, *Didier Porte*
P2417. Trois tasses de thé. La mission de paix d'un Américain au Pakistan et en Afghanistan
Greg Mortenson et David Oliver Relin
P2418. Un mec sympa, *Laurent Chalumeau*
P2419. Au diable vauvert, *Maryse Wolinski*
P2420. Le Cinquième Évangile, *Michael Faber*
P2421. Chanson sans paroles, *Ann Packer*
P2422. Grand-mère déballe tout, *Irene Dische*
P2423. La Couturière, *Frances de Pontes Peebles*
P2424. Le Scandale de la saison, *Sophie Gee*
P2425. Ursúa, *William Ospina*
P2426. Blonde de nuit, *Thomas Perry*
P2427. La Petite Brocante des mots. Bizarreries, curiosités et autres enchantements du français, *Thierry Leguay*
P2428. Villages, *John Updike*
P2429. Le Directeur de nuit, *John le Carré*
P2430. Petit Bréviaire du braqueur, *Christopher Brookmyre*
P2431. Un jour en mai, *George Pelecanos*
P2432. Les Boucanières, *Edith Wharton*
P2433. Choisir la psychanalyse, *Jean-Pierre Winter*
P2434. À l'ombre de la mort, *Veit Heinichen*
P2435. Ce que savent les morts, *Laura Lippman*
P2436. István arrive par le train du soir, *Anne-Marie Garat*
P2437. Jardin de poèmes enfantins, *Robert Louis Stevenson*
P2438. Netherland, *Joseph O'Neill*
P2439. Le Remplaçant, *Agnès Desarthe*

P2440. Démon, *Thierry Hesse*
P2441. Du côté de Castle Rock, *Alice Munro*
P2442. Rencontres fortuites, *Mavis Gallant*
P2443. Le Chasseur, *Julia Leigh*
P2444. Demi-Sommeil, *Eric Reinhardt*
P2445. Petit déjeuner avec Mick Jagger, *Nathalie Kuperman*
P2446. Pirouettes dans les ténèbres, *François Vallejo*
P2447. Maurice à la poule, *Matthias Zschokke*
P2448. La Montée des eaux, *Thomas B. Reverdy*
P2449. La Vaine Attente, *Nadeem Aslam*
P2450. American Express, *James Salter*
P2451. Le lendemain, elle était souriante, *Simone Signoret*
P2452. Le Roman de la Bretagne, *Gilles Martin-Chauffier*
P2453. Baptiste, *Vincent Borel*
P2454. Crimes d'amour et de haine
Faye et Jonathan Kellerman
P2455. Publicité meurtrière, *Petros Markaris*
P2456. Le Club du crime parfait, *Andrés Trapiello*
P2457. Mort d'un maître de go.
Les nouvelles enquêtes du Juge Ti (vol. 8)
Frédéric Lenormand
P2458. Le Voyage de l'éléphant, *José Saramago*
P2459. L'Arc-en-ciel de la gravité, *Thomas Pynchon*
P2460. La Dure Loi du Karma, *Mo Yan*
P2461. Comme deux gouttes d'eau, *Tana French*
P2462. Triste Flic, *Hugo Hamilton*
P2463. Last exit to Brest, *Claude Bathany*
P2464. Mais le fleuve tuera l'homme blanc, *Patrick Besson*
P2465. Lettre à un ami perdu, *Patrick Besson*
P2466. Les Insomniaques, *Camille de Villeneuve*
P2467. Les Veilleurs, *Vincent Message*
P2468. Bella Ciao, *Eric Holder*
P2469. Monsieur Joos, *Frédéric Dard*
P2470. La Peuchère, *Frédéric Dard*
P2471. La Saga des francs-maçons
Marie-France Etchegoin, Frédéric Lenoir
P2472. Biographie de Alfred de Musset, *Paul de Musset*
P2473. « Si j'étais femme ». Poèmes choisis
Alfred de Musset
P2474. Le Roman de l'âme slave, *Vladimir Fédorovski*
P2475. La Guerre et la Paix, *Léon Tolstoï*
P2476. Propos sur l'imparfait, *Jacques Drillon*
P2477. Le Sottisier du collège, *Philippe Mignaval*
P2478. Brèves de philo, *Laurence Devillairs*
P2479. La Convocation, *Herta Müller*

P2480. Contes carnivores, *Bernard Quiriny*
P2485. Pieds nus sur les limaces, *Fabienne Berthaud*
P2486. Le renard était déjà le chasseur, *Herta Müller*
P2487. La Fille du fossoyeur, *Joyce Carol Oates*
P2488. Vallée de la mort, *Joyce Carol Oates*
P2489. Moi tout craché, *Jay McInerney*
P2490. Toute ma vie, *Jay McInerney*
P2491. Virgin Suicides, *Jeffrey Eugenides*
P2492. Fakirs, *Antonin Varenne*
P2493. Madame la présidente, *Anne Holt*
P2494. Zone de tir libre, *C.J. Box*
P2495. Increvable, *Charlie Huston*
P2496. On m'a demandé de vous calmer, *Stéphane Guillon*
P2497. Je guéris mes complexes et mes déprimes
Christophe André & Muzo
P2498. Lionel raconte Jospin, *Lionel Jospin*
P2499. La Méprise – L'Affaire d'Outreau
Florence Aubenas
P2500. Kyoto Limited Express, *Olivier Adam*
P2501. « À la vie, à la mort », Amitiés célèbres
dirigé par Patrick et Olivier Poivre d'Arvor
P2502. « Mon cher éditeur », Écrivains et éditeurs
dirigé par Patrick et Olivier Poivre d'Arvor
P2503. 99 clichés à foutre à la poubelle, *Jean-Loup Chiflet*
P2504. Des Papous dans la tête – L'Anthologie
P2505. L'Étoile du matin, *André Schwartz-Bart*
P2506. Au pays des vermeilles, *Noëlle Châtelet*
P2507. Villa des Hommes, *Denis Guedj*
P2508. À voix basse, *Charles Aznavour*
P2509. Un aller pour Alger, avec un texte de Louis Gardel
Raymond Depardon
P2510. Beyrouth centre ville, avec un texte de Jean Rolin
Raymond Depardon
P2511. Et la fureur ne s'est pas encore tue, *Aharon Appelfeld*
P2512. Les Nouvelles brèves de comptoir, *Jean-Marie Gourio*
P2513. Six heures plus tard, *Donald Harstad*
P2514. Mama Black Widow, *Iceberg Slim*
P2515. Un amour fraternel, *Pete Dexter*
P2516. À couper au couteau, *Kriss Nelscott*
P2517. Glu, *Irvine Welsh*
P2518. No Smoking, *Will Self*
P2519. Les Vies privées de Pippa Lee, *Rebecca Miller*
P2520. Nord et Sud, *Elizabeth Gaskell*
P2521. Une mélancolie arabe, *Abdellah Taïa*
P2522. 200 dessins sur la France et les Français, *The New Yorker*